Ich als Pionier

Ottokar Domma · Ottokar, der Weltverbesserer

Das war ich nich

OTTOKAR DOMMA

Ottokar, der Weltverbesserer

leiv

© leiv Leipziger Kinderbuchverlag GmbH
1. Auflage 2017
Text: Ottokar Domma – Erben, 2017
Illustrationen: Karl Schrader – Erben, 2017
Typografie: Jochen Busch
Druck und Bindung: Neografia Martin
Printed in Slovakia

ISBN 978-3-89603-496-0

www.leiv-verlag.de

Ein Vorwort

Liebe Leser! Es stimmt, dass man erst richtig erwachsen sein muss, um ein Buch schreiben zu können, sagen wir über das Leben der Kinder zu Hause, in der Schule, in der Pioniergruppe und anderswo. Denn ein Erwachsener ist älter, klüger, weiß alles besser und sieht uns überhaupt anders, als wir sind. Und man muss zugeben, dass sich die meisten Dichter anstrengen, uns so zu sehen, wie sie uns gern sehen wollen. Auch denken sie in uns mehr hinein, als wir selber denken. Das nennt man künstlerische Freiheit. Trotzdem dachte ich mir, man kann ja einmal versuchen, ein Buch zu schreiben, wir werden ja sehen, was dabei herauskommt. Und so entstand dieser Roman in 23 Kapiteln. Das soll erst einmal ein großer Dichter nachmachen.

Es ist natürlich kein richtiger Roman, wo sich mehrere lieben und verkrachen und dann wieder zusammenkommen oder umgekehrt. Auch ist es kein spannendes Abenteuer mit Helden und so was, und bei mir stirbt auch niemand. Aber es kann sein, dass unser Herr Burschelmann sagt, so einen Quatsch kann man gar nicht lesen, und man weiß nicht, was der Zimt soll, und überhaupt ist der Stil unmöglich. Deshalb werde ich mich hüten, etwas dagegen zu sagen. Wer aber trotzdem anfängt, diesen komischen Roman zu lesen, der begibt sich in eigene Gefahr. Darum muss man beim Weiterlesen immer an das Sprichwort denken: Es sind noch keine Meister vom Himmel gefallen, sondern sie waren erst ganz normale Schüler und Knaben wie ich,

Euer
Ottokar Domma

5

Das 1. Kapitel

beschreibt, wie sich unsere Eltern auf das neue Schuljahr vorbereiten, woran sie dabei denken müssen und wie gut es ist, wenn ein Schüler die Nerven behält.

Die Sommerferien haben lange genug gedauert, und es wird Zeit, dass die Schule wieder anfängt. Man merkt an verschiedenen Vorzeichen, wie es mit den Ferien zu Ende geht. Zum Beispiel macht sich bei den Eltern eine zunehmende Aufregung bemerkbar. Sie können ihre Freude über den Schulanfang nicht so verstecken wie wir. Dauernd sagen sie einem, wie viel Tage bis dahin noch fehlen, und je näher der Tag heranrückt, desto aufgeregter werden sie. Immer müssen sie daran denken, dass sie bald nicht mehr Elternteil der 5., sondern der 6. Klasse sind. Und sie stellen sich vor, wie stolz ihr Sohn dahingeht, oder sie denken, wer wohl der neue Klassenlehrer sein könnte und ob sie sich im neuen Schuljahr auch so viel ärgern müssen, und wer weiß, was in den Elternversammlungen wieder für Klagen auf sie zukommen.

Uns Schülern bleibt diese Aufregung erspart. Wir brauchen bloß die Mappe zu packen und zu sagen: „Na, dann woll'n wir wieder mal", fertig ist der Lack.

Am meisten macht der Schulanfang meiner lieben Mutter zu schaffen. Zwei Wochen vorher fiel ihr schon ein, was ich nicht vergessen darf. Immer hieß es: „Vergiss nicht, deine Bücher zu holen! Vergiss nicht, die Bücher sauber einzuschlagen! Vergiss nicht, dein Schreibzeug in Ordnung zu bringen, und kauf dir lieber gleich zwei Pionierfüller! Zeig mal deinen Zettel her, damit ich nicht vergesse, was du vergisst!" Und dann gefiel meiner Mutter das angeknabberte Lineal nicht, und ich musste ein neues auf den Zettel schreiben. Auf einmal erinnerte sie sich, dass ein Schüler auch andere Sachen braucht, und gleich rief sie mir zu: „Wo ist denn dein Zirkelzeug und der Tuschkasten? Also, wenn man nicht an alles denkt!" Meistens ruft sie nach dem lieben Gott, indem sie klagt, sie wird sich meinetwegen noch totkaufen. Aber der liebe Gott gibt darauf keine

Antwort, weil er sich mit unheiligen Eltern wie meinen gar nicht erst einlässt, und er hat genug Ärger mit den heiligen.

So ging das jeden Tag, und jeden Tag hieß es: „Du lieber Gott, wo ist denn schon wieder der Zettel?" Oft kam er weg, und auf diese Weise kann man die Vorfreude der Eltern auf die Schule noch ein bisschen steigern.

Ein paar Tage vorm Schulbeginn fiel meinen Eltern ein: Kinder müssen schön sein. Mein mütterliches Elternteil entdeckte plötzlich überall kurze Ärmel, zu kurze Hosenbeine, zu kurze Schuhe und überhaupt zu viel Löcher und gestopfte Sachen. Und so können Eltern nicht ins neue Schuljahr gehen. Deshalb musste ich dauernd irgendwo mitlatschen und was anprobieren. Die Funktion meines Vaters bestand darin, dass er alles bezahlen musste. Dabei fluchte er ganz schön und schimpfte auf die Wissenschaft, weil nicht alle Pillen das schnelle Wachstum von Schülerpersönlichkeiten verhindern können.

Aber das war noch nicht alles, was meine Eltern auf Touren brachte. Wenn sie abends so zusammensaßen und daran dachten, dass sie jetzt bald wieder mehr erziehen müssen, sahen sie schon ganz deutlich vor sich, was sie im neuen Schuljahr richtig machen wollen.

Zwei Tage vorm Schulanfang sprach mein Vater zu meiner Mutter: „Man muss den Ottokar mehr an die Kandare nehmen."

Meine Mutter hatte nichts dagegen und erwiderte, dass sie sich dabei eine Hilfe vom Vater verspricht.

Der Vater war auch einsichtig und erklärte wissenschaftlich: „Die Erziehung ist Sache aller Eltern- und Gesellschaftsteile."

Die Mutter stimmte dem zu und versprach, sie wird den Vater daran erinnern.

Der Vater konnte nichts dagegen einwenden und erläuterte der Mutter seine Funktion im Betrieb und überhaupt.

Die Mutter glaubte es ihm und schilderte, wie sie zur Arbeit geht und was dann alles noch übrig bleibt: einkaufen, waschen, flicken, bügeln, kochen und noch mehr Ärgernisse.

Den Vater interessierte das sehr, und er gelobte, sein Fernstudium zu Ende zu machen.

Über diesen guten Vorsatz freute sich die Mutter mächtig und rief, sie ist zum Glück gleichberechtigt.

Der Vater hatte auch dagegen nichts einzuwenden und sprach der Mutter eine Anerkennung aus, weil sie schon ins Elternaktiv der Klasse meiner Schwester aufgestiegen ist.

Die Mutter war ganz stolz über dieses Lob und antwortete, sie möchte zu gern auch den Vater in meiner Klasse als Aktivmitglied sehen.

Der Vater war jetzt auch stolz, weil ihm die Mutter so was zutraut, und sagte bescheiden: „Viele sind geeignet, aber wenige berufen", und er muss erst einmal seinen Kaderleiter fragen.

Meine Mutter hat fast geweint vor Glück, und der Vater ist schnell ein Bierchen trinken gegangen. Daran erkennt man, wie der Schulanfang zu schönen Unterhaltungen im Elternhaus beitragen kann.

Am letzten Freitag wurde noch einmal Bilanz gezogen und kontrolliert: ob ich alles beisammen habe, ob die Schuhe geputzt sind, ob ich mir die Füße, den Hals und die Ohren gewaschen und die Fingernägel beschnitten habe und ob ich daran denke, dass jetzt wieder ein anderer Wind weht? Aber die Hauptfrage lautete, ob ich auch wirklich nichts vergessen habe. Und hier zeigte sich, wie gut es war, dass wenigstens einer in der Familie starke Nerven besitzt und einen Kopf, der so leicht nichts vergisst – nämlich ich. Deshalb fragte ich streng: „Habt ihr eigentlich schon mein Zeugnis unterschrieben?" Auf diese Kontrollfrage waren meine Eltern nicht gefasst und darum ganz schön erschrocken.

Weil ein braver Schüler für den ersten Schultag gut ausgeruht sein muss, wünschte ich eine gute Nacht und ging ins Bett.

Meine Eltern blieben noch ein paar Stunden auf, sie mussten das Zeugnisheft suchen. Sie fanden es in der Kammer. Es war schön verpackt in einem Packen Altpapier. Denn mein Vater achtet sehr auf Ordnung, weil sich in einem ordentlichen Haushalt alles leichter wieder einfindet.

Das 2. Kapitel

schildert den ersten Schultag, welche Überraschungen es gab und wo-
rüber wir eine neue Schülerin erst einmal aufklären mussten.

Als die Schule wieder begann, habe ich mein blaues Halstuch um-
gebunden und ein paar Ermahnungen eingesteckt. Sie kamen aus
dem Muttermund und lauteten, ich soll schon am ersten Tag gut anfangen und ordentlich grüßen und mich anständig benehmen und
nicht so vorlaut sein und mich nicht gleich wieder eindrecken, und
am besten ist es, mich in die erste Bank zu setzen, damit ich alles
mitbekomme. Ich soll mich, wenn es geht, neben die Bärbel Patzig
setzen, damit sie auf mich einen guten Einfluss hat, und keine blöden
Antworten soll ich geben und keine Schande machen und meine
Hände noch einmal vorzeigen, ob sie sauber sind.

Ich antwortete, dass ich dieses Gedicht noch vom vorigen Jahr
kenne, und weil mich meine Mutter so gütig ansah, versprach ich,
alles so zu machen.

Als ich bei meinem Freund Harald vorbeikam, pfiff ich, und er
kam auch gleich runter. Seine Mutter winkte, und ich schrie ihr einen Gruß zu. Auch gab ich dem Harald die Hand und sprach: „Guten Morgen!"

Der Harald guckte ein bisschen blöd und fragte, ob ich vielleicht
krank bin, und wieso es kommt, dass ich ihn grüße. Ich sagte, das
muss jetzt so sein, und es ist ein Versprechen. Auch soll ich mich
anständig benehmen, nicht vorlaut sein und überhaupt anständig.
Der Harald sprach, er kenne das Lied auch. Es wird in allen Familien
gesungen.

Unterwegs begegneten wir verschiedenen Schülern. Sie waren alle
schön angezogen, sogar der Schweine-Sigi. Wie wir am Pfaffenpuhl
vorbeikamen, schmissen wir erst ein paar Steine in den Schlamm.
Danach waren wir nicht mehr so schön angezogen. Der Sigi meinte, das trocknet wieder, aber die Bärbel Patzig piepste uns auf dem
Schulhof zu, dass wir ganz schöne Ferkel sind. So begann der Tag
gleich mit dem Einfluss, und damit wir nicht noch mehr solchen

Einfließungen ausgesetzt waren, stellten wir uns beim Appell in die hintere Reihe.

Es war eine ziemlich frohe Stimmung. Die Lehrer lachten, nur nicht Herr Luschmil. Denn als er an mir vorbeikam, ist ihm das Lachen vergangen. Ich nahm es ihm nicht übel, weil er nicht wissen kann, was ich meiner Mutter alles versprochen habe. Auch unser Direktor Keiler lachte, aber nicht so schön wie das Fräulein Heidenröslein, sondern anders, sagen wir mehr staatsbürgerlich. Der Herr Burschelmann hatte die lauteste Lache und zeigte unserer Klasse von weitem die Faust. Einige Mädchen sind gleich ängstlich geworden, und ich sagte zum Harald, wenn wir Glück haben, bekommen wir doch den Herrn Burschelmann, sonst hätte er uns nicht so freundlich begrüßt.

Als sich alle genug angelacht hatten, ließ der lange Schücht seinen berühmten Wirbel los, nämlich auf der Trommel. Die ist immer der Anfang vom Appell, und jetzt ist den Lehrern auch das Lachen vergangen; denn es gibt keine fröhlichen Appelle, sondern ernste. Der Herr Direktor hielt eine Rede und sprach, dass wir gesund sind und überhaupt ganz schön gebräunt und so, und darum fängt jetzt der Ernst des Lebens wieder an, und wir wollen von der ersten Stunde an gut lernen und keine Sitzenbleiber zurücklassen, und er wünscht uns Glück. Wir klatschten, und dann kam die erste Überraschung, nämlich der Herr Burschelmann. Er sprach finster: „Ihr habt wohl gedacht, der alte Burschelmann kann nicht mehr? Ihr werdet staunen, was ich noch kann! Los, langer Schücht, führ die Bande in die Klasse, ihr braucht ja keine Amme. Aber Ordnung, Herrschaften!" Nach dieser Begrüßungsrede klatschte keiner mehr.

Wir gingen fast ordentlich, und als ich mit meinem Freund Harald in die Klasse kam, waren die ersten Bänke schon besetzt. Ich dachte, wenn es so ist, brauch ich für meine Mutter keine Ausrede auszudenken, sondern kann sagen, die erste Bank war schon besetzt, weil ich hinten marschierte und so ein Opfer der Ordnung war.

Der Herr Burschelmann kam auch gleich nachgeächzt und knurrte noch ein paar Liebesworte. Sie lauteten:

1. Wir sollen nicht so bedeppert gucken; denn jetzt fängt nicht der Ernst, sondern der Spaß des Lebens an, er heißt Mathematik.

2. kann man mit Herrn Burschelmann Pferde stehlen, aber nicht gut Kirschkerne essen, und wir sollen uns selbst aussuchen, was wir wollen. (Ich dachte, Pferde stehlen lohnt auch nicht; denn die drei alten Klepper in der LPG kann man nicht mal schlachten.)

3. sprach der Herr Burschelmann, so haut das mit der Sitzordnung noch nicht hin, und er kennt seine Pappenheimer. Diese versetzte er gleich, und so kam ich doch noch nach vorn, aber nicht in die erste, sondern zweite Bank. Neben mir saß der Pillenheini und vor mir die Bärbel Patzig. Mir war es recht so; denn sie hat einen schönen Hinterkopf, und ich brauch' nicht dauernd zu sehen, wie sie scheinheilig guckt oder mit den Lippen zittert oder mit ihrem Mund auf mich einfließt.

Auf einmal ging die Tür auf. Der Direktor Keiler kam in die Klasse und schrie im Gegensatz zu seiner ersten Rede, wir sollen sitzen bleiben. Er schob vor sich ein Mädchen her, es sah gar nicht ängstlich aus, sondern eher lustig, mit Sommersprossen und zwei Schwänzchen, und das eine Knie hatte ein Pflaster. Das gefiel mir gleich. Der Herr Direktor Keiler zeigte jetzt ein Onkelgesicht und sprach zu dem Mädchen: „Das ist deine Klasse." Und zu uns: „Das ist eure neue Mitschülerin. Sie heißt Juliana Bock, und jetzt nehmt sie bei euch auf, dass sie sich gleich zu Hause fühlt." Der Herr Direktor Keiler nickte, der Herr Burschelmann ließ einen Knurrer los und unser Herr Direktor ging von dannen.

Erst wusste der Herr Burschelmann nicht, was er mit dem Mädchen anfangen sollte, und weil ihm nichts Besseres einfiel, sagte er „Burschelmann" zu ihm und gab ihm seine Hand. Als der Herr Burschelmann mich entdeckte, wusste er, was er tun musste. Er nahm den Pillenheini beim Schlawittchen und setzte ihn woandershin. Und so kam die Juliana Bock zu mir. Ich dachte, hoffentlich ist sie keine Zimperliese und keine Petze, und ich werde ihr in der Pause eine Probe stellen. Was, weiß ich noch nicht, ich werde schon etwas finden. Aber zum Nachdenken ließ mir der Herr Burschelmann kei-

ne Zeit; denn er nahm mich gleich zur Tafel und sprach: „Damit keiner denkt, es ist schon Weihnachten, wollen wir erst einmal einige Aufgaben wiederholen." Wir sollen keine Ferienmüdigkeit vortäuschen, sagte er, und den Klassenkram beredet er mit uns nach dem Unterricht. Bei ihm wird nicht gequatscht, sondern gelernt, ob wir das kapiert haben? Wir antworteten vorsichtshalber: Ja. Denn wir wollten ihm nicht die erste Stunde versauen.

Mit der Wiederholung ging es, aber die neue Schülerin schaffte es nicht. Sie meldete sich und meinte, so hat sie es nicht gelernt. Die Bärbel Patzig drehte sich um und verzog die Lippen wie Filmfrauen, die sich nicht riechen können. Der Herr Burschelmann sah es, er drehte der Bärbel mit seiner kräftigen Hand den Kopf gerade und sprach zur Neuen: „So, hm, tanz bei mir heut Nachmittag an, ich werd' dir auf den Zahn fühlen!" Und freundlich fügte er hinzu: „Hol dich der Deiwel, wenn du es nicht schaffst!"

Ich flüsterte zu Juliana Bock, sie muss keine Angst haben. Der Herr Burschelmann ist ein grober Klotz, hilfreich und gut. So ist er auch zu seiner Frau, deshalb sind sie noch nicht geschieden.

Die neue Schülerin hat sich gut gehalten und nicht einmal gezittert. Deshalb nahmen wir sie in der großen Pause vor, mein Freund Harald und ich, um sie aufzuklären, nämlich über das verschiedene Verhalten des Schülers zu einigen Lehrern.

Der Harald sagte, unser Herr Klassenlehrer, der Burschelmann, ist streng und bullerig, aber gerecht. Und das ist wichtig. Und man muss ihn wie einen Löwen behandeln. Wenn man ihn ohne Angst anguckt, kann man ihn sogar zähmen. Das ist wie im Zirkus. Er faucht dann bloß, aber so richtig kann er nicht mehr, weil er nicht mehr der Jüngste ist.

Jetzt war ich dran und sprach über das Fräulein Heidenröslein und warum sie diesen Spitznamen hat. Sie heißt eigentlich Uta Kraut, aber niemand nennt sie so. Den Namen Heidenröslein bekam sie, weil keiner so schön das Heidenröslein singen kann wie sie, und sie kann dazu Gitarre spielen und sogar Skat. Ich fragte, ob die Juliana auch Skat kann. Sie sagte nein. Ich antwortete, das ist eine Bildungslücke.

Der Harald schilderte danach die Charakteristikums der Frau Seidenschnur. Sie weiß in fast allen Fächern Bescheid, ist die älteste Lehrerin und wie eine treue Mutter. Dadurch denkt sie manchmal, wir sind noch Küken, und sie breitet sich dann über uns aus und bespricht uns wie kleine Kinder. Aber wenn jemand unsere Kinderpersönlichkeit beleidigt, kann sie ganz schön zuhacken. Manche Mädchen gehen wegen Frauensachen zu ihr, aber die Juliana kann auch zum Harald kommen. Er weiß Bescheid; denn er ist im Freundschaftsrat.

Ich ärgerte mich ein bisschen über die Anbiederung vom Harald und legte noch einen Zahn zu, indem ich sprach: „Bei Frauensachen kannst du auch zu mir kommen; denn ich bin im Gruppenrat, und der Harald hat schon vieles von mir gelernt. Aber du musst dich vor Herrn Kurz vorsehen wegen seiner Freundlichkeit, besonders zu den Mädchen. Mit uns Knaben hat er bloß Waffenstillstand geschlossen. Als Mädchen brauchst du bei Herrn Kurz keinen Bammel vor einer schlechten Zensur zu haben.

Vom Herrn Brettl sagte der Harald, dass er in den oberen Klassen unterrichtet und ein Parteisekretär und darum sehr ernst ist. Aber er verstellt sich bloß. Als er uns einmal fragte, wer alles im Gemeinderat ist, sagte der Ottokar versprecherisch: Im Gemeinderat ist auch der zahnlose Parteiarzt Doktor Stummel. Beim Herrn Brettl zuckte es, und er musste sich umdrehen. So kann man sagen, dass der Herr Brettl sich gut beherrscht und viel Geduld hat. Darum ist er unser Vorbild.

Wir sagten, dass die Juliana die anderen Lehrerpersönlichkeiten wie die Russischlehrerin Frau Pitthuhn noch kennenlernen wird. Sie ist nicht schlecht, wenn man sie richtig nimmt. Auch mit dem vornehmen Fräulein Bella Kohl kann man auskommen, wenn wir ihr jeden Tag etwas Schönes sagen, zum Beispiel: Ihre Frisur ist wieder mal toll! Oder: Heute wirken Sie ja wieder, wo haben Sie denn das Kleid gekauft? Auch unser Herr Direktor Keiler sagt ihr solche Sprüche, bevor er dem Fräulein Bella Kohl einen Auftrag erteilt. Nach solchen Belobigungen macht sie alles.

Wir stellten der neuen Schülerin auch den Sportlehrer Stramm vor. Er nimmt uns ganz schön ran. Jeder Mensch hat mal eine schwache Seite oder Stunde, sogar wir. Nur beim Herrn Luschmil muss sie sich ein bisschen vorsehen, und man kann ihn mit einem Bergwerk vergleichen. Dort ist die Luft nicht immer gut, und wenn man Pech hat, gibt es Schlagwetter. Die Juliana muss deshalb keinen Schiss haben. Wenn der Herr Luschmil explodiert, spuckt er kein Feuer, sondern bloß Tadel, Vieren und Fünfen und Elternbriefe. Wir fassen ihn deshalb wie ein rohes Ei an, auch nennt man das wissenschaftlich differenzierte Behandlung.

Die Juliana Bock war über die Aufklärung sehr froh und meinte, jetzt ist ihr nicht mehr so komisch. Die Pause wurde abgeklingelt, und der lange Schücht schrie von der Tür her: „Er kommt, auweia!" Wir wussten Bescheid, und ich sagte zur Juliana, ich glaube nicht, dass schon am ersten Tag ein Schlagwetter passiert. Vorsichtshalber will ich aber jetzt ein bisschen die Luft anhalten, sicher ist sicher.

So verging der erste Schultag ohne Unglück. Meine Mutter fragte, wie es war. Ich antwortete: „Ganz gut. Unser Natschalnik heißt Herr Burschelmann, die neue Schülerin Juliana, und der Herr Luschmil lässt schön grüßen und anfragen, ob meine Eltern auf einen Besuch Wert legen." Die Mutter freute sich und sprach, es ist ihr recht, nur soll ich ihr rechtzeitig Bescheid sagen, damit sie sich darauf vorbereiten kann.

Das 3. Kapitel

berichtet von einer komischen Anleitung und wie wir unseren Grup-
penrat wählten, wobei die Neue mit hineinkam.

Mit der Schule waren wir schon ganz schön in Gang gekommen,
und darum sagte eines Tages unser Herr Burschelmann: „In zwei
Wochen ist Gruppenratswahl, und es wird Zeit, dass ihr euch vorbereitet." Mehr sagte er nicht, sondern zeigte uns seinen Buckel und
ging raus.

Ich sprach zum Harald, das sind ja ganz neumodische Sachen.
Der Herr Burschelmann macht's sich ganz schön leicht, und so
was nennt man Anleitung. Das Beste wird sein, wir befehlen der
Vorsitzenden Bärbel Patzig: Es wird Zeit, dass du dich vorberei-
test! Als Anleitung zeigen wir ihr unseren Buckel und gehen jetzt
angeln.

Der Harald meinte, als Freundschaftsratsmitglied muss er mich
kritisieren, aber als Mensch geht er auch lieber angeln; denn jetzt
beißen sie gut.

Wie wir gerade als Menschen gehen wollten, rief die Bärbel Patzig, alle möchten doch bitte mal bleiben. Weil wir als Menschen auch
höfliche Bitten beachten, blieben wir, die Gebrüder Raschke und die
Sonja Zunder dagegen hauten ab.

Die Bärbel Patzig blickte ganz weinerlich und fragte piepsig,
was wir machen sollen. Die meisten riefen, man muss den Herrn
Burschelmann fragen. Und der Gruppenrat soll aus dem Gruppenrat eine Delegation bilden. Die Delegierten hießen: Bärbel, Wally,
Harald und Ottokar. Und so zogen wir nachmittags los.

Der Herr Burschelmann hat in seinem Garten gerade ein paar
Friedhofsblumen abgeschnitten, und er sah wie der Totengräber An-
ton aus. Wir sagten „Guten Tag" und standen rum. Aber den Herrn
Burschelmann hat das nicht gejuckt, und er zog eine mächtige Pfeife
raus und qualmte uns was vor.

Die Bärbel sagte: „Entschuldigen Sie, Herr Burschelmann, aber
wir wollten bloß … es ist wegen der Gruppenratswahl."

Der Herr Burschelmann ließ einen Flucher los und knurrte: „Der Kocher zieht nicht." Er stocherte mit einem Nagel in seiner Pfeife und schnitt weiter.

Weil Bärbels Lippen schon ein bisschen zitterten, wollte ich sie und den Herrn Burschelmann etwas aufheitern. Deshalb fragte ich: „Für welchen Toten sind denn diese Blumen?"

Der Herr Burschelmann zeigte sein Gebiss, und fast wär ihm die Pfeife rausgefallen. Aber er fing sie noch auf und knurrte froh: „Die sind für euren Gruppenrat. Denn nur Tote können nicht mehr denken und wissen sich nicht zu helfen."

Jetzt fielen auch bei uns ein paar Groschen. Beim Harald muss das Stück ziemlich tief gefallen sein; denn er kratzte sich dort und sprach als Freundschaftsratsmitglied: „Ach so." Und als Mensch rief er dem Herrn Burschelmann zu: „So tot sind wir noch nicht!" Harald gab uns einen Wink zum Abhauen, und der Herr Burschelmann ließ eine stinkende Tabakwolke hinter sich.

Am kleinen Forst setzten wir uns auf einen abgeschnittenen Baumstamm. Der Harald war wieder Freundschaftsratsmitglied und befahl: „Bärbel, du musst aufschreiben, was unsere Gruppe gemacht hat. Das ist Rechenschaftsbericht." Die Bärbel antwortete, sie wird das tun, aber sie weiß nicht, ob sie es hinkriegt.

Darauf gab ich ihr einen Trost und sprach menschlich: „Sonst weißt du immer alles besser und denkst, du bist die Schlauste, und jetzt bist du taub. Aber du wirst es schon schaffen, und wir werden dann deinen Bericht kritisieren."

Die Wally war mit meiner Tröstung noch nicht ganz einverstanden und entgegnete mir als Kumpel: „Du hast eine ganz schöne große Klappe. Du denkst, weil die Bärbel ein Mädchen ist, kannst du sie einfach sitzenlassen. Als Gruppenratsmitglied hast du auch Pflichten, wenn nicht, dann werd' ich dich öffentlich anprangern wegen deiner Mädchenfeindlichkeit. Das sagen viele."

Der Harald grinste mir jetzt als Mensch affig zu, und weil es mich geärgert hat, sprach ich als Gruppenratsmitglied: „Die Mädchen können bloß gackern, und wenn man richtig hinguckt, haben sie nicht einmal ein Ei gelegt. Deshalb schlag ich für den neuen Grup-

penrat auch die Juliana Bock vor. Daran kann man erkennen, dass ich keine Weiberfeindlichkeit besitze."

Die Bärbel fühlte sich durch die Wally wieder stärker und sagte spitzig: „Die Bock ist noch nicht lange bei uns, und wenn du sie so gern hast, dann kann ich nur lachen." Sie lachte aber nicht, sondern zog einen schmolligen Mund.

Weil ich verhindern musste, dass der grinsende Harald noch affiger wird und sogar die Wally ansteckte, zeigte ich ihnen erst einmal einen Vogel und verkündete als Gruppenratsmitglied: „Die Juliana Bock ist keine Geliebte, sondern ein Pionier und als solcher ein kollektives Element. Oder seid ihr vielleicht schlauer als der Genosse Lenin?"

Sie sahen jetzt ein, dass sie nicht schlauer sind, und ich dachte, wenn man es ihnen politisch sagt, dann kapieren sie es. Und so beschlossen wir, den Rechenschaftsbericht gemeinsam zu machen. Die Bärbel soll schreiben, was wir geleistet haben und wie wir lernen; die Wally, wie wir uns gegenseitig verhalten und befruchten müssen; der Harald, was wir entfalten wollen, nämlich ein Pionierleben. Ich soll mir eine Begrüßungsrede an die Patenbrigade nebst anderen Anwesenden ausdenken. Wir sagen, der Herr Burschelmann wird sich wundern, und die Friedhofsblumen soll er lieber seiner schwer geprüften Gattin schenken; denn sie hat es mit so einem Anleiter bestimmt nicht leicht.

Der Wahltag brach an. Die Mädchen haben die Klasse gesäubert, die Knaben rückten die Tische anders, nämlich im Viereck. Darauf sogar weiße Tücher. Und weil Kultur sein muss, stellten wir Blumentöpfe hin und hängten die Girlanden vom Faschingsfest an die Wand. Die Bärbel Patzig war erst dagegen und meinte, das passt nicht, und sogar die Juliana Bock haute in die Kerbe. Aber wir Knaben stimmten sie nieder.

Jetzt ging es los. Von unserer Patenbrigade sind drei Mann gekommen, mit Sonntagsanzug. Der Herr Burschelmann hatte seinen Rollkragenpullover an, den wir schon von der ersten Klasse her kennen. Er leistete langjährige Dienste. Auch der Herr Brettl und der Herr Direktor waren dabei.

Nun kam mein Auftritt als Begrüßungsbotschafter. Die Begrüßung ging so:

„Liebe Pioniere und Gäste! Ich begrüße euch zu unserer Gruppenratswahl, ganz besonders unsere Freunde von der Patenbrigade und die Lehrer mit dem Herrn Direktor Keiler an der Spitze. Auch begrüße ich die Schüler der 6a. Worum geht es? Es geht um die Wahl des neuen Gruppenrats, und das ist ein bedeutender Höhepunkt in unserem Pionierleben. Zuerst wird die alte Vorsitzende Bärbel Patzig einen Rechenschaftsbericht geben, danach wird diskutiert, und dann kommen die neuen Vorschläge."

Jetzt fiel mir ein, dass ich bei der Grußbotschaft noch etwas vergessen habe, nämlich ein bisschen Stimmung. Deshalb befahl ich: „Pioniere stillgestanden! Wir begrüßen die Gäste mit Seid bereit!"

Die Pioniere riefen: „Immer bereit!" Alle klatschten mir zu, und ich war fast stolz.

Die Bärbel hat jetzt den Bericht vorgelesen, erst die guten Taten, danach kam das Lernen, indem sie die besten Durchschnittszensuren aufzählte, ihre zuerst. Dann besprach sie die schlechten Schüler, und sie erklärte, warum wir lernen, nämlich nicht für die Eltern oder Lehrer, sondern fürs Leben. Hinterher erhob sich die schwere Wally. Zu unserem gegenseitigen Verhalten sagte sie: Der lange Schücht qualmt schon und steckt andere an. Der Pillenheini zeigt verbotene Bilder, und überhaupt ist er ferkelig, die dicke Mia drückt sich vor guten Taten, Timur und so, der Ottokar Domma muss sich zu den Mädchen besser verhalten und sie nicht andauernd anstänkern. Viele klatschten, bloß die nicht, die aufgezählt wurden. Der Harald schlug in seiner Rede vor, was wir alles machen könnten.

Alle saßen jetzt freudig rum, aber zur Diskussion hat sich keiner gemeldet. Der lange Schücht meinte, es ist alles gesagt worden, und wir können uns wählen.

Wir wollten schon anfangen, aber jetzt tat auf einmal der bequeme Herr Burschelmann seinen Mund auf und fragte, ob es hier in der Gruppe nicht ein paar Feiglinge gibt. Er hat vorhin ein paar Namen von Schülern gehört, und jetzt ist ihnen wohl das Herz in die Hose gerutscht. Dabei sah er meine Hose an.

Ich dachte, ein Feigling bin ich nicht. Deshalb meldete ich mich und sprach: „Das mit den Mädchen stimmt nicht ganz. Ich stänkere nicht mit allen, sondern nur immer mit einer. Und weil ich nichts gegen alle Mädchen habe, schlage ich die Juliana Bock vor."

Bei dem Vorschlag gab es nachher eine kleine Kampelei. Die Bärbel diskutierte dagegen und redete wie eine Lehrerin mit schiefem Kopf: „Ich meine, dass man den Vorschlag noch überlegen muss. Die Juliana hat noch Rückstände in Mathematik." Und sie sah dabei zum Herrn Burschelmann hinüber, ob sie es richtig gesagt hat. Die dicke Mia wollte sich bei der Bärbel anschmieren und trompetete: „Von mir hat sie nicht einmal ein spendiertes Eis angenommen, vielleicht weil sie denkt, sie ist was Besseres." Mir sind jetzt die Ohren heiß geworden. Ich dachte, wenn die Mia sich noch mehr ausschleimt, knall ich ihr eine, und wenn ich deswegen nicht gewählt werde. Und ich stellte mir vor, wie schön das klatschen wird. Aber dazu kam es nicht, weil die anderen dafür waren. Die neue Vorsitzende wurde unser schwerer Kumpel Wally.

Die Erwachsenen sagten hinterher, es war eine gute Versammlung, und der Herr Direktor Keiler beklopfte den Anleitungsbuckel von Herrn Burschelmann. Er sah jetzt auch ganz zufrieden aus, vielleicht weil er gelernt hat, wie man so was macht, und bei der nächsten Wahl kann er uns auch anleiten.

Ich ging mit der Juliana ein Stückchen voraus und fragte sie, ob ich sie Jule nennen darf. Sie hatte nichts dagegen, und wenn nicht die anderen Kumpels gekommen wären, hätte ich zu ihr Tschüss gesagt. So sagte ich nur, wir gehen jetzt da lang.

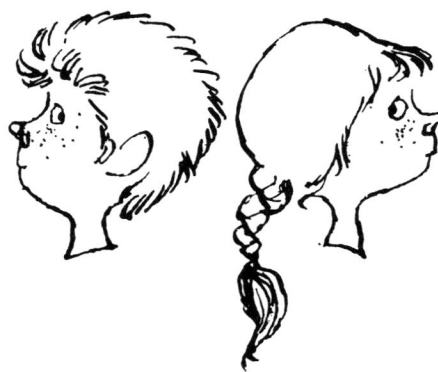

Das 4. Kapitel

erzählt von einem Unglück, welche Folgen es hatte und wie unsere Klasse dabei ungerecht behandelt wurde.

Als wir die Gruppenwahl hinter uns hatten, erzählte der Direktor Keiler in einer Konferenz, wie gut wir das gemacht haben, und zwar ganz selbstständig, und daran könnten sich sogar die Großen ein Beispiel nehmen. Und wenn die Pioniergruppe so weiter macht, kann man noch allerhand von ihr erwarten. Wir haben das von Fräulein Bella Kohl erfahren; denn sie ist sehr geschwätzig und hat das gleich meiner Mutter im Konsum erzählt. Der Herr Burschelmann dagegen sagte nur: „Na also, es geht, wenn ihr euren eignen Grips anstrengt." Das ist aus dem knurrigen Mund vom Herrn Burschelmann ein großes Lob.

Auch bei einem Appell wurden wir hervorgestrichen, und so kam es, dass die Schüler der 1. Klasse uns anstaunten, und die älteren veräppelten uns. Old Schätterhänd aus der Zehnten hielt mich einmal in der Pause fest und sagte zu den anderen, jetzt zeig ich euch einen Musterpionier, und alle sollen niederknien und mich anbeten. Ich biss ihn erst einmal in die Hand, und als der Aufsichtslehrer sichtbar wurde, ließ mich Old Schätterhänd los.

Ich sagte nachher zu meinem Freund Harald, es kommt nichts Gutes dabei heraus, wenn man uns so mit Lob beschmeißt, und es ist Zeit, wieder etwas anzustellen, damit wir nicht auffallen und eine andere Klasse die Ehre hat, belobigt zu werden. Der Harald antwortete, als Pionier kann er mir nicht recht geben, doch als Mensch versteht er mich schon, ihn juckt es auch manchmal.

Aber der Wind dreht sich schneller, als man denkt, und das geschah schon am nächsten Tag, es war ein richtiger Unglückstag. Wir waren in der letzten großen Pause auf dem Schulhof, und plötzlich hörten wir auf dem Treppenflur einen Schrei. Alle rannten, es war ein ekelhaftes Geschubse, und dann sahen wir den Benno Raschke aus unserer Klasse liegen. Er war ganz grau und stöhnte und konnte sich nicht bewegen, und aus dem Mund blutete er ein bisschen. Jemand sagte, er ist am Geländer runtergerutscht.

Der Herr Direktor Keiler ging gleich telefonieren, der Herr Burschelmann holte eine Bahre, die Frau Seidenschnur fragte dauernd den Benno, wo es weh tut, und hielt seinen Kopf, der Herr Luschmil jagte uns weg, was er aber nicht ganz schaffte, der Herr Stramm pfiff dazu auf seiner Trillerpfeife, das Fräulein Bella Kohl hielt sich an Frau Pitthuhn fest und jammerte, sie kann das gar nicht sehen, und das Fräulein Heidenröslein lehnte ganz blass an der Wand und war wie weg. Endlich kam der Herr Burschelmann, und der wusste Bescheid, was man jetzt tun muss.

Weil nach dem Sprichwort ein Unglück nie allein kommt, geschah es auch hier. Ausgerechnet jetzt fuhr ein Auto vor. Erst dachten wir, es ist der Doktor, aber es war etwas viel Schlimmeres, nämlich ein Schulinspektor. Er sah das Unglück und rannte schnell ins Direktorenzimmer, und wir hörten, wie er zum Herrn Keiler schrie, was ist das hier für eine Unordnung?

Aber der Direktor telefonierte weiter, und als er fertig war, ließ er den Herrn Inspektor stehen und befahl, Platz zu machen und den Verletzten hinauszutragen, gleich kommt der Krankenwagen.

Der Herr Inspektor lief hinterher und fragte im Flur, ob es denn in dieser Schule keine Aufsicht gibt? Das Fräulein Heidenröslein fing jetzt an zu weinen, und weil ich bei ihr so was noch nicht gesehen habe, tat sie mir leid, und ich sagte zu ihr, der Benno Raschke ist ziemlich zäh, und es wird schon nicht so schlimm sein. Da weinte sie noch mehr und ging ins Lehrerzimmer.

Endlich kam der Krankenwagen. Der Benno wurde vorsichtig aufgeladen, und der Herr Direktor schrie zum Inspektor, er kann jetzt nicht gleich Antwort geben, und uns schrie er zu, wir sollen sofort in die Klassen gehen. Wir waren von seiner lauten Stimme ganz erschrocken und gingen gleich. Hinter uns kam Herr Burschelmann. Er sagte zu Bennos Zwillingsbruder Ralf, er soll mit ihm kommen, und sie fahren zusammen zu seiner Mutter. Uns befahl er, wir sollen nach Hause gehen.

Wir guckten uns an und waren von der Stimme Herrn Burschel-

manns ebenfalls sehr erschrocken, weil sie so leise war, vielleicht das erste Mal in seinem Leben.

Die meisten gingen nicht gleich nach Hause, sondern saßen rum und besprachen das Ereignis. Die Wally meinte, das kommt davon, wenn man Verbote nicht beachtet. Bärbel Patzig sagte, es gibt mehrere, die am Geländer runterrutschen, der Domma auch. Ich antwortete: „Rutschen muss man eben können. Du kannst mir ja mal den Buckel runterrutschen, aber nicht einmal dazu traust du dich." Mein Freund Harald schrie „Ruhe!", und es hat keinen Zweck, jetzt zu streiten. Mir fiel wieder das weinende Fräulein Heidenröslein ein, und ich erzählte es. Alle sagten, es ist schade um das Heidenröslein. Jetzt wird man ihr bestimmt die Schuld geben, weil sie Aufsicht hatte. Der Inspektor wird das schon so drehen. Deshalb ist es das Beste, wenn wir zur Poliklinik gehen und fragen, ob der Benno Raschke noch ein paar heile Knochen hat. Je mehr, desto besser für das Fräulein Heidenröslein.

Als wir am Lehrerzimmer vorbeikamen, hörten wir laute Stimmen, aber meistens nur die vom Herrn Inspektor. Er rief, man wird alles untersuchen. Ich sagte, wir wollen lieber weitergehen, sonst werden wir auch noch untersucht. Wie wir bei der Poliklinik ankamen, hieß es, der Benno ist ins Krankenhaus weitergefahren worden, und die Schwester drohte uns: „Das kommt davon, weil ihr nicht hören könnt."

Zuhause wusste meine Mutter auch schon, was los war. Sie fiel gleich über mich her und schmatzte mich ab; denn sie dachte, mir ist was passiert, und sie sah mich schon liegen. Und ich soll ihr versprechen, dass ich nie rutsche und immer ordentlich gehen und ein Beispiel geben und überhaupt ein sauberes Unterhemd anziehen soll; denn wenn mir was passiert wäre, hätte sie sich schämen müssen. Sie gab mir mein Lieblingsessen, eine Bratwurst. Aber es hat mir diesmal nicht geschmeckt. Deshalb ging ich lieber gleich zum Bäcker Brot holen.

Dort war das Unglück auch schon rum. Die Frau Speckmann wetzte ihren großen Mund und sagte zur Bäckersfrau Kipfel, sie ist früher ebenfalls zur Schule gegangen, und damals ist so was nicht vorgekommen. Und die Lehrer haben heute keine Zucht und Ordnung. Die Bäckersfrau keifte auch gleich mit, und als sie mich sah, meinte sie, das ist auch so einer. Ich dachte, jetzt ziehen sie wieder über unsere Schule her, darum antwortete ich beim Hinausgehen höflich, dass ihr Brot immer pampiger wird, und man muss einmal die Arbeiter- und- Bauern-Inspektion herschicken. Das andere hörte ich nicht mehr.

Als wir am nächsten Tag zur Schule kamen, ging's sehr streng zu. Überall standen Lehrer, auf dem Hof, beim Eingang, an der Treppe und im Flur, und sie guckten sehr streng. Der Hausmeister drehte ein paar Schrauben ins Geländer, damit wir uns beim Rutschen die Hosen zerreißen sollen. Bloß das Fräulein Heidenröslein sahen wir nicht. Es hieß, sie ist krank geworden. Wahrscheinlich hat sie der Inspektor schon untersucht und allerhand gefunden. Der Ralf Raschke sagte uns dann in der Klasse, dass sich sein Bruder bloß die Hand und zwei Rippen gebrochen hat, auch kann er schon Fleischbrühe trinken, bloß nicht lachen, dann tut es weh.

In der Pause hörten wir, das Fräulein Heidenröslein hat einen Brief geschrieben und möchte nicht mehr Lehrerin sein. Als wir den Herrn Burschelmann fragten, wieso, knurrte er, wegen uns. Aber die Sekretärin, Frau Stichlein wusste es besser und erzählte überall, dass es ein Nachspiel gibt, und sie hat das Protokoll vom Inspektor gelesen, und sie darf nicht darüber reden. Sie hat aber doch darüber geredet und herumerzählt, das Fräulein Heidenröslein trank schnell einen Kaffee und ließ Benno ohne Aufsicht rutschen, und darauf steht allerhand. Ich dachte, es ist schade, dass die Frau Stichlein nicht am Geländer rutscht, und ich möchte sie gern dabei beaufsichtigen. Auch schlug ich dem Harald ein Aktionsprogramm vor, das Beste wird sein:

1. Wir müssen das Fräulein Heidenröslein behalten,
2. dem Benno, wenn er wieder hier ist, extra noch eine überbraten,
3. müssen wir mit unserer Gruppe eine Polizeitruppe bilden; ich
 kann ja den Hauptmann machen,
4. die Frau Stichlein bekommt einen Maulkorb,

5. das Fräulein Heidenröslein einen Blumenstrauß nebst Konfekt,
6. einige fahren zu Benno und erzählen ihm Witze, damit er bald
wieder hier ist; denn Lachen ist gesund.

Der Harald war einverstanden und auch die Wally. Als wir Herrn
Burschelmann die Beschließung zeigten, bekam er Zuckungen und
drehte sich schnell um. Danach strich er den Punkt vier durch und
meinte, man muss darüber noch sprechen. Mir war es recht. Man
kann die Frau Stichlein auch anders schweigsam machen, zum Beispiel, indem wir ihr eine Matruschka schenken, ein paar Luftlöcher
hineinbohren, und wenn sie die Matruschka aufmacht, springt eine
lebendige Maus heraus. Bestimmt fällt Frau Stichlein dann in Ohn-
macht.

Zur Besprechung kam es aber nicht, weil der Herr Direktor am
nächsten Tag auf dem Schulhof mitteilte, dass die Schüler der 10.
Klasse eine Ordnungstruppe bilden, und alle sollen sie beachten und
ihnen gehorchen, besonders wir. Dabei sah der Herr Direktor zu
uns. Ich sagte zu unserem Herrn Burschelmann, das ist eine große
Ungerechtigkeit, weil wir zuerst die Idee hatten. Der Herr Burschelmann antwortete, darüber wird jetzt nicht mehr diskutiert, und wir
sollen uns danach richten.

So kam es, dass der Herr Direktor doch alles vorhergesehen hat,
als er nach der Gruppenwahl verkündete, von uns kann man noch
allerhand erwarten. Aber das wird in den folgenden Kapiteln meines
Romans beschrieben.

Das 5. Kapitel

zeigt den neuen Ordnungsdienst der 10. Klasse in Aktion und erklärt,
warum ich mir aus lauter Trotz einen Bandwurm zugelegt habe.

Nach Benno Raschkes Treppenfahrt hat sich tatsächlich allerhand
geändert. Auf dem Hof und in den Fluren standen jetzt überall die
Großen aus der Zehnten und passten auf, ob wir richtig gehen, nicht
rumtoben, keine Papierchen wegschmeißen, das Schreien unterlas-
sen, immer richtig antreten, dabei nicht schubsen und die Pausen
einhalten und uns überhaupt wie erwachsene Erwachsene benehmen. Die Ordner hatten schon am ersten Tag weiße Armbinden um
und waren gestempelt, nämlich mit der Aufschrift „Ordner". Denn
wenn es darum geht, die Schüler zu ärgern, ist alles da, sogar Armbinden. Und was das Schlimmste war: Als Hauptmann der Ordnungstruppe bestimmte der Herr Direktor Keiler den Klassenleiter
der Zehnten, den strengen Herrn Luschmil.

Auch Mädchen gehören zu den Ordnungsorganen, bloß haben
die Mädchenorgane eine andere Funktion als die männlichen. Sie
lassen sich Hände und andere Körperteile nebst Essbestecken vorzeigen, und wenn sie nicht sauber sind, lassen die Mädchen niemand
an die Schulspeisung.

So kam es, dass die Cornelia Wack zu mir sagte, ich soll vorzeigen. Ich antwortete: „Als ich klein war, hab ich vorgezeigt, jetzt lass
ich suchen." Die Cornelia schrieb mich gleich auf, und weil ich mir
nichts daraus mache, ging ich eben nicht essen.

Ich machte mein Gesicht ein bisschen nass und bestrich es mit
Kreide. Als es trocken war, hatten wir Unterricht bei unserer etwas
schwachsichtigen Frau Pitthuhn. Sie fragte gleich, wovon ich so blass
bin und ob mir übel ist. Mein Freund Harald machte das Theater
mit und erklärte meinen anderen Umstand, indem er sprach: „Der
Ottokar durfte nicht zum Essen, und jetzt ist ihm vielleicht vor Hun-
ger schlecht geworden. So was gibt's." Die Bärbel Patzig hob gleich
misstrauisch den Kopf, aber die Frau Pitthuhn befahl dem Harald,
er soll mich schnell begleiten, erst ein bisschen an die Luft und dann

zum Essen, und wir sollen der Küchenfrau sagen, dass alles in Ordnung geht.

Draußen war mir überhaupt nicht mehr übel, und wir taten, was uns die Frau Pitthuhn befohlen hat, bloß umgekehrt. Zuerst gingen wir in die Küche, und der Harald sagte, uns schickt die Frau Pitthuhn, weil bei mir was nicht in Ordnung ist und ich schnell etwas essen muss. Die Küchenfrau war sehr froh darüber, dass jemand freiwillig noch essen will, und gab aus. Auch der Harald aß noch einmal mit; denn er hat einen genauso gesunden Magen wie ich und verträgt sogar die Schulspeisung. Als wir fertig waren, gingen wir zur Verdauung über und an die frische Luft, wie uns die Frau Pitthuhn geheißen hat.

In der nächsten Pause sagte uns die Frau Pitthuhn, jetzt gefall ich ihr besser. Aber da tauchte der Herr Luschmil auf, und dem gefiel ich nicht; denn er war Aufsichtslehrer, und die Cornelia hatte mich bei ihm schon angezeigt. Er kam schön steif und aufrecht auf mich zu und fragte streng, warum ich der Cornelia nicht gehorcht habe. Ich dachte, das Beste ist, wenn ich nicht gleich verstehe, und sprach unschuldig: „Wieso?" Der Herr Luschmil entgegnete, dass nicht ich, sondern er die Fragen stellt. Deshalb antwortete ich vorsichtshalber:

„Ach so!" Aber das war auch nicht richtig, und so musste ich mir eine Predigt anhören. Der Herr Luschmil sprach gerade das Gebot auf: Du sollst diszipliniert sein und nicht immer widersprechen. Und wie er zum 37. Gebot übergehen wollte, warf sich die Frau Pitthuhn dazwischen und rief, der Herr Luschmil muss nicht so hart sein; denn dem Ottokar war vorhin so schlecht und schwindlig. Das kommt davon, weil der Junge nicht zum Essen durfte. Der Herr Luschmil erwiderte, er kennt mich, und er glaubt mir nur, dass ich meistens schwindle.

Der Harald meinte nachher zu mir, es ging noch einmal gut. Ich sagte, als Pionier hat er recht, aber als Mensch tut mir jetzt die Frau Pitthuhn leid, weil ihr der Herr Luschmil sicher alles zustecken wird, und das Beste wird sein, ich helfe ihr mal im Garten beim Umgraben oder beim Kohlereintragen.

Das Schlimmste ist, dass jetzt sogar unsere Toiletten und andere illegale Treffs von Ordnern beobachtet werden. Die Toilette ist nämlich ein Ort, wo sich gern begabte Schüler aufhalten, zum Beispiel junge Malkünstler, junge Raucher, junge Bläser, junge Kundschafter, junge Tauscher und Händler und andere Zirkelmitglieder. Das ist jetzt schwieriger, weil junge Ordner aufpassen. Und dabei geschah Folgendes:

Ich hatte wieder einmal Lust, unserem Toilettenklub einen Besuch abzustatten, und der Schweine-Sigi sagte, er wird mich als Gevatter begleiten. Wie wir gerade so schön saßen und ein interessantes Thema besprachen, nämlich den Bandwurm, welcher im Biologieraum aufbewahrt ist, da sahen wir jemanden heranschleichen. Es war der Ordnungsschüler Speckmann, der an unserer Tür lauschte, und wir erkannten ihn gleich von unten an seinen dreckigen Schuhen.

Deshalb sagte ich zum Schweine-Sigi: „Es ist gut, dass wir mal allein sind, und ich verrate jetzt ein Geheimnis. Ich habe einen Bandwurm, und unser Herr Brettl als Bio-Lehrer wird sich freuen, wenn er bald niederkommt und Zuwachs erhält."

Der Schweine-Sigi hat gleich erraten, warum ich so spinne, und antwortete: „Ich möchte mir auch einen zulegen, aber ich weiß nicht, wie man das anfängt."

Ich sprach: „Du bist noch nicht reif und überhaupt zu klein. Die aus der zehnten Klasse sind anfälliger für die Empfängnis von Bandwürmern und vermehren sich dort leichter. Ich hab das in einem Gesundheitsbuch gelesen."

Der Schweine-Sigi wollte jetzt wissen, wie sich ein Bandwurm fortpflanzt. Ich klärte ihn auf und antwortete, das ist verschieden, meistens durch Ansteckung, und dazu genügen schon ein Paar dreckige Schuhe wie die vom Speckmann. Damit das überwacht wird, hat man Ordner als Bandwurmverhütungsmittel aufgestellt.

Als der Ordner Speckmann das hörte, rannte er weg. Er holte uns aber bald wieder ab und befahl, wir sollen gleich zum Herrn Direktor Keiler kommen. Der Speckmann sagte ganz aufgeregt zu ihm,

34

das ist er, und er zeigte auf mich. Der Herr Direktor schickte dann den Ordner wieder auf seinen schweren Posten.

Zuerst ist der Herr Direktor ein bisschen hin und her gegangen, wobei er mich beschaute. Als er nichts Verdächtiges entdeckte, fragte er mich, ob mir öfter übel ist. Ich dachte, am besten ist, man macht ein nachdenkliches Antlitz, aber der Schweine-Sigi wollte mir beistehen und antwortete, dass mir gestern bei Frau Pitthuhn übel war, auch war ich ganz blass. Der Herr Direktor ließ jetzt die Frau Pitthuhn holen. Sie kam ziemlich schnell angesprungen, und als sie mich sah, fragte sie gleich, ob mir heute wieder schlecht war. Ich antwortete, heute nicht so. Die Frau Pitthuhn erzählte dem Herrn Direktor, wie blass ich gestern aussah, und sie hat sich schon Sorgen gemacht. Der Herr Direktor antwortete, dann ist also doch was dran, und er schickte uns einen Augenblick raus. Draußen hörten wir, wie der Herr Keiler zur Frau Pitthuhn sprach: „Der Domma hat wahrscheinlich einen Bandwurm, und man muss was unternehmen." Auch befahl er der Frau Pitthuhn, sie soll sich um mich kümmern und zum Arzt schicken. Er ruft gleich die Poliklinik an. Und so musste ich mit dem Schweine-Sigi abdampfen.

Als wir zur Poliklinik kamen, wusste der Arzt schon Bescheid. Es warteten viele Leute, und darum untersuchte er uns erst gar nicht, sondern gab uns ein Rezept für die Apotheke, und ich soll es vorschriftsmäßig einnehmen und auf der Toilette aufpassen.

Ich dachte, es genügt, wenn die Ordnungsschüler auf der Toilette aufpassen, und das Bandwurmmittel holen wir gar nicht erst ab. So sparen wir für unsere Republik Geld. Es reicht, wenn meine Tante Anna dauernd alle Medizinen und Pillen schluckt. Denn sie hat wirklich ein schweres Kopfleiden. Es heißt Hüpochondrismus oder so.

Nach diesem Bandwurmquatsch wurde uns verboten, unsere Toilette zu besuchen, bis alles neu deskonfektioniert ist, und wir durften zum ersten Mal die Lehrertoilette mit benutzen. Sie war schön weiß und viel sauberer und sogar mit richtigem Toilettenpapier geschmückt. Mein Freund Harald sprach darum zu mir: „Als Mensch gönne ich unseren Lehrern diesen schönen Kulturraum, aber als Pionierfunktionär muss ich sagen: Der Kampf um die Gleichberechtigung für alle Teile geht weiter."

Das 6. Kapitel

entlarvt, wie ich zum ersten Mal in meinem Leben die Schule geschwänzt habe, welche Besuche ich empfing und warum Bandwürmer wie Lügen kurze Beine haben.

Als ich nach der Bandwurmspinnerei von der Schule nach Hause kam, dachte ich mir, es ist vielleicht besser, wenn ich am nächsten Tag nicht in die Schule gehe, und weil ich noch nie in meinem langen Leben geschwänzt habe, musste ich mir überlegen, wie ich es meiner Mutter beibringe. Bei meinem Vater hat es gar keinen Zweck; denn er hat dafür meistens ein Sprichwort. Es lautet: „Wer einen Willen hat, überwindet alles!" Wenn aber seine Frau, meine geborene Mutter, für mich ein Wort einlegt, gibt er nach und brummelt das Sprichwort zu sich selbst. Der Schweine-Sigi versprach mir, mich nicht zu verraten, und er wird es auch mit meinem Freund Harald besprechen, damit nichts Blödes dazwischenkommt. Zu Hause hatte meine Mutter gerade Mittagspause. Ich bin ein bisschen schwach dahergekommen, ging gleich in die Sitzecke am Ofen und guckte bloß so vor mich hin. Meine Mutter brachte Erdbeerkompott, welches ich für mein Leben gerne esse. Am liebsten hätte ich es nur so runtergeschluckt, aber ich dachte an meinen falschen Bandwurm und rührte mich nicht.

Die Mutter fragte: „Du bist doch wohl nicht krank?", und sie fasste mich an die Stirn. Ich sprach traurig, dass ich gesund bin wie ein Fisch im Wasser, bloß das Fräulein Heidenröslein fehlt uns, dann brauchen wir uns keine Bandwurmkrankheit auszudenken. Aber eine richtige Mutter glaubt ja so was nicht, und deshalb befahl sie, ich soll mich hinlegen. Sie meinte, ich rede schon ganz irres Zeug von Bandwürmern und so, und fragte, wo es mir wehtut. Ich antwortete, mir fehlt nichts, aber ich will trotzdem gehorchen und mich ein bisschen hinlegen. Jetzt wusste meine Mutter, dass ich richtig krank bin. Sie kochte mir einen Kamillentee, weil sie denkt, er hilft für alles.

Sie schlich danach aus meinem Kabuffchen und flüsterte, dass sie ja in drei Stunden wieder hier ist, und der Tee wird mir guttun. Ich dachte, das wird sich erst in ein paar Tagen herausstellen.

Nachmittags kam meine Schwester angetrampelt und berichtete, in der Schule sagen sie alle, ich habe einen Bandwurm, ob das
stimmt? Ich fragte sie, ob sie es schon den Eltern erzählt hat? Sie
sagte, noch nicht, aber sie wird es schon noch erzählen. Ich holte
jetzt meine Filzstifte hervor und sprach, dass ich sie ihr schenke,
wenn sie von dem Bandwurm nichts erzählt. Sie antwortete, wenn
es so ist, macht sie mit, aber ich muss ihr den Bandwurm zeigen.
Ich versprach, dass ich ihr den Bandwurm sogar vererbe, und man
kann ihn dressieren wie einen Fakir mit Schlange. Meine Schwester
glaubte es und sagte, sie wird schweigen.

Abends kam erst die Mutter, und etwas später der Vater. Sie sagte
zu ihm, mit mir stimmt was nicht, und ich war den ganzen Tag so
komisch. Das Beste wird sein, der Ottokar bleibt mal einen Tag zu
Hause. Der Vater antwortete, ich soll mich nicht so zimperlich haben; denn wer einen Willen hat, überwindet alles. Die Mutter entgegnete, dass ich nicht so ein kräftiger Kerl bin wie Vater, sondern
noch ein Kind, und er soll das nicht vergessen.

So betrat der Vater mein Kabuffchen und fragte, was los ist. Ich
sprang langsam auf und rief, dass ich noch meine Schularbeiten machen muss. Der Vater glaubte jetzt auch an meinen starken Willen.
Darum drückte er mich wieder zurück und befahl der Mutter, sie
soll sich endlich um mich kümmern, und sie hätte mich nicht allein
lassen sollen. Der Vater redete noch ein bisschen auf sie ein, und es
dauerte nicht lange, da brachte mir die Mutter eine schöne Milch-
suppe. Ich habe etwas gegessen, damit ich nicht ganz abmagere.

Am nächsten Tag musste ich zu Hause bleiben. Erst war es schön,
aber als meine Mutter nach der Mittagspause wieder zur Arbeit ging,
war es langweilig. Ein Glück, dass mein Freund Harald auftauchte.
Er sagte, er weiß alles. Als Freundschaftsratsmitglied muss er mir
eine schlechte Verhaltensnote geben, aber als mein bester Freund
und Mensch will er mich begnadigen und liegen lassen. Und er hat
mir die Aufgaben mitgebracht. Wir erledigten sie und versprachen
ewige Treue.

Als die Eltern abends zu Hause waren, rief ich, wie gut es mir
schon geht, und ich will morgen wieder zur Schule. Der Vater ant-

wortete, ich soll nicht leichtsinnig sein und noch einen Tag liegen bleiben. Wer einen Willen hat, überwindet auch die Lernlust. Außerdem hat die Mutter schon einen Entschuldigungszettel geschrieben, und der Herr Burschelmann wünscht mir Besserung.

Am dritten Tag meiner schweren Krankheit war es noch langweiliger, und ich freute mich auf Harald. Aber es kam nicht der Harald, sondern das neugewählte Gruppenratsmitglied Juliana Bock. Sie sagte, dass der Harald mit seiner Mutter weg ist wegen einer neuen Hose, deshalb bringt sie die Schularbeiten, und sie möchte wissen, ob der Bandwurm schon raus ist. Auch setzte sie sich zu mir ans Bett. Ich dachte, dass ich Juliana viel lieber einen Bandwurm schenken würde als meiner Schwester, aber weil ich sie nicht anlügen wollte, erzählte ich ihr von meiner Erfindung. Und wie alles kam. Darüber musste sie mächtig lachen, wobei sie ihren nicht schlechten Kopf auf meine Decke schmiss. Ich hab sogar meine Hand ein bisschen draufgelegt, und er war schön warm. Wenn jetzt nicht der Schweine-Sigi gekommen wäre, hätte ich meine Hand nicht so schnell weggenommen.

Der Schweine-Sigi erzählte mir, dass ihn der Herr Burschelmann vornahm, und er wollte wissen, ob ich wirklich krank bin. Der Sigi hat aus Freundschaft gelogen, und deshalb kann ich ruhig noch einen Tag zu Hause bleiben. Morgen ist sowieso Sonnabend, und da haben die Lehrer keinen Unterricht, sondern nur die Lehrerinnen, damit sie nicht aus der Übung kommen. Ich sagte, wenn das so ist, dann muss ich heute Abend meinem Vater einen starken Mann vorspielen, sonst duldet er nicht, dass ich noch einen Tag gammle.

Als wir mit den Schularbeiten fertig waren, zogen sie wieder los. Draußen hörte ich, wie die Juliana Bock zum Schweine-Sigi sagte, sie hat ihr Heft liegen lassen. Deshalb kam sie noch einmal zurück. Erst guckte sie und guckte, aber dann fiel ihr ein, dass sie ihr Heft schon eingesteckt hat. Sie gab mir dafür einen Kaugummi, und zwar mit rotem Kopf. Auch darf ich sie wirklich Jule nennen, wenn ich will, aber nicht, wenn die anderen dabei sind. Ich antwortete mit verbrannten Ohren: „Tschüss, Jule!"

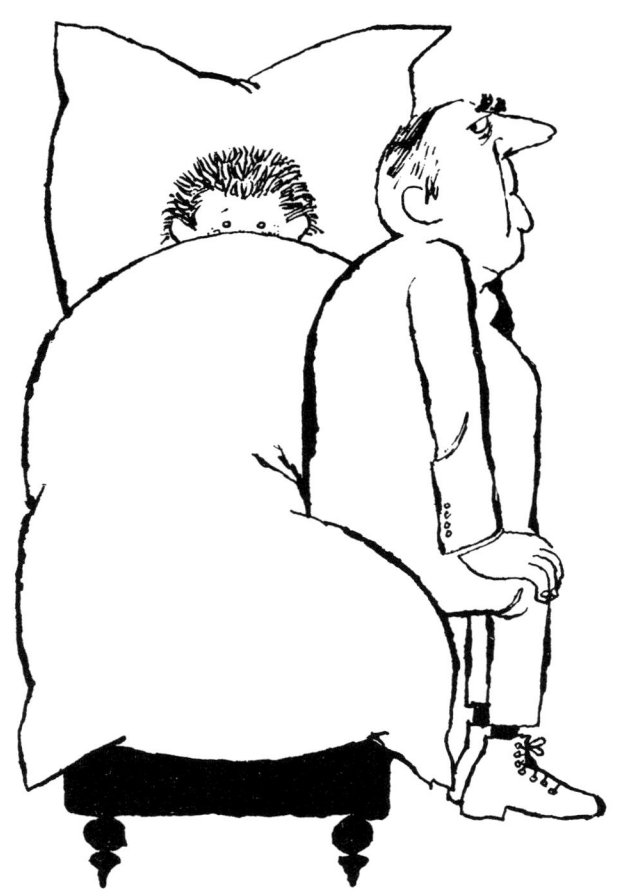

Mein Vater staunte nur so, wie ich mit dem Schlafanzug ein paar
kräftige Kniebeugen machte und zu ihm sprach: „Wer einen Willen
hat, überwindet alles, und mir reicht diese elende Gammelei." Die
Mutter schrie, ich soll gleich wieder ins Bett, und der Vater gab ihr
sogar recht, und ich soll nicht den starken Mann markieren; denn
noch bin ich ein Kind. Ob ich das verstanden habe? Ich antwortete
lieber nichts darauf, weil es bei einem schreienden Vater sowieso
keinen Zweck hat.

Ich freue mich schon auf den Besuch von Jule, nämlich wegen der
Schularbeiten und nicht, was einer vielleicht denkt. Aber auf einmal

stand der Herr Burschelmann im Kabuffchen. Er setzte sich mit seinem schweren Gesäß gleich aufs Bett und fragte, wie es geht. Ich dachte, sicher ist sicher, und antwortete: „Wenn ich so liege, geht es." Er glaubte es vielleicht auch und sah sich um. Und er wollte wissen, was ich gegen den Bandwurm einnehme. Ich machte vorsichtshalber meine Augendeckel zu, und als ich sie wieder öffnete, sah mich der Herr Burschelmann an, und wie! Jetzt fiel mir das Sprichwort vom Vater ein, und so hab ich mich doch noch überwunden, indem ich ein Geständnis ablegte. Das war vielleicht ekelhaft!

Der Herr Burschelmann stand auf und sprach zum Fenster raus, dass er das wusste, und er wollte nur hören, wie lange ich den Schwindel aushalte. Weil ich ihm aber die Wahrheit sagte, denkt er, bei mir ist Hopfen und Malz noch nicht verloren. Er ging eine Weile wütend hin und her, und wie er genug über mein Verbrechen nachgedacht hat, sagte er knurrig, am Montag will er sehen, ob ich wenigstens zu Hause gelernt habe, und er wird mich gleich vornehmen. Vor Wut vergaß er, mir froh Auf Wiedersehen zu wünschen. Bloß an der Tür drehte sich der Herr Burschelmann noch einmal um und befahl: „Am Montag wirst du mir melden: Bandwurm erledigt, verstanden!" Ich nickte.

Als der Herr Burschelmann draußen war, dachte ich, aus ihm wird vielleicht doch noch ein ganz guter Pionierleiter, und man kann mit ihm nicht nur Pferde, sondern auch Bandwürmer stehlen.

Das 7. Kapitel

macht auf Würmer im Kollektiv aufmerksam und beschreibt den Inhalt der Tasche einer Lehrerin.

Als ich am Morgen wieder zur Schule kam, musste ich erst melden, dass mein Bandwurm erledigt ist. Der Herr Burschelmann glaubte es mit einem zusammengekniffenen Auge, während er mit dem anderen mich durchschaute. Aber er hat nichts verraten, und so glaubten es die anderen auch.

Eigentlich sollten wir gleich Mathematik haben, doch der Herr Burschelmann hatte an diesem Tage eine große Redelust, und so erzählte er uns eine erfundene Geschichte. Sie ging so: Der Herr Burschelmann sagte, er ist vielleicht nicht mehr ein Jüngling mit lockendem Haar, aber noch lange kein alter Klepper, welcher blind den Weg findet. Und so sieht er auch genau, was mit uns seit einiger Zeit los ist. In uns sitzt ein kollektiver Wurm, und der nagt und nagt, und wenn wir ihn nicht entfernen, frisst er uns.

Die Mädchen gruselten sich und machten große Angstaugen. Dem langen Schücht juckte es irgendwo, und zwar unschenierlich. Ich habe mir gleich gedacht, worauf der Herr Burschelmann hinauswollte, und wartete ab, wie es weiterging.

„Der Wurm heißt Unordnung", rief der Herr Burschelmann, und er hat schon Nachkommen. Sie heißen Disziplinlosigkeit, Radau und Blödelei, die ansteckend sind und sich schnell verbreiten. Dabei guckte der Herr Burschelmann zu mir. Aber ich dachte, so blöde Wurmnamen gibt es gar nicht, und ich nickte ihm zu, damit er seine Geschichte weitererzählt.

Der Herr Burschelmann sah jetzt schon voraus, was aus uns wird. Die einen müssen später Schienen kratzen oder Jauche pumpen, die anderen werden Taugenichtse oder Gammler, und es kann auch sein, dass einer von uns einmal hinter schwedischen Gardinen sitzt. Ich wunderte mich darüber sehr und dachte, wozu erst nach Schweden fahren, unsere Gardinen sind auch nicht schlecht. Aber es hat keinen Zweck, dagegen zu reden; denn der Herr Burschelmann ist viel herumgekommen und kennt sich in solchen Sachen besser aus. Er beendete darum seine Rede mit dem Aufruf: „Reißt euch zusammen, und ab heute bitte ich mir Ordnung und Disziplin aus."

Er sagte dann noch, bei Blödeleien sollen wir uns etwas Besseres ausdenken, und weil er mich vielleicht für einen besseren Denker hielt, durfte ich gleich wieder einmal an die Tafel und zeigen, ob ich auch was anderes kann. Ich hab es ihm gezeigt und bekam dafür die mündliche Note „Du bist mir schon ein Früchtchen", aber was er schriftlich ins Klassenbuch hineinschrieb, verriet er nicht. Wir konnten auch in der Pause nicht nachsehen, weil den Lehrern verboten wurde, das Klassenbuch einfach liegen zu lassen.

Und so kam es, dass ich in der letzten Stunde bei Frau Seidenschnur sitzen blieb. Sie fragte, warum ich hier sitze, die anderen sind schon alle weg. Ich antwortete: „Wegen der schlechten Zensur in Mathematik. Herr Burschelmann hat sie ins Klassenbuch eingetragen, und jetzt trau ich mich nicht nach Hause." Eine schlechte Zensur guckt sich jeder Lehrer gern an, und so tat es auch die Frau Seidenschnur. Sie guckte und sprach dann: „Was hast du denn? Ich sehe bei dir eine Eins!" Jetzt war mir wohler, und ich wusste, die mündliche Zensur „Früchtchen" war eine Auszeichnung. Daher das schöne Sprichwort: Die schlechtesten Früchtchen sind es nicht, woran die Wespen, Lehrer und andere Insekten nagen.

Ich bin an diesem Tag ziemlich froh nach Hause gegangen und half der Frau Seidenschnur ihre schwere Tasche tragen. Sie sagte: „Du bist doch ein guter Junge, und wenn du noch ein bisschen Zeit hast, kannst du mich vielleicht zum Gemüseladen begleiten. Ich muss noch Kohl holen und sehen, was es sonst noch gibt." Und so gingen wir.

Der Gemüseladen war nicht sehr voll. Die Frau Seidenschnur packte alles in ein Netz, und als sie bezahlen wollte, fand sie in ihrer Tasche das Portemonnaie nicht. Die Gemüsehändlerin Frau Wurzel sprach, die Frau Seidenschnur soll sich ruhig Zeit lassen. Sie kann auch morgen bezahlen; denn sie weiß, wer Frau Seidenschnur ist. Die Frau Seidenschnur wusste das auch, aber nicht, wo das Portemonnaie blieb. Und so wühlte und wühlte sie weiter, und das Durcheinander war jetzt viel schlimmer als vorher.

Hinter der Frau Seidenschnur stand die Gattin vom Zahnarzt Stummel, und weil sie lieber nur vornehm im Auto sitzt als anzustehen, fragte sie zänkisch, wie lange sie warten muss? Und sie musste sich wundern, wieso jemand ohne Geld einkaufen geht. Die Gemüsefrau antwortete, dass die Frau Seidenschnur eine berufstätige Kundin ist, und das kann jedem passieren.

Als die berufstätige Kundin das hörte, wurde sie noch kribbeliger und sah zu mir wie eine Frau mit Schmerzen. Ich sprach ruhig zu Frau Seidenschnur, sie muss nicht nervös werden, denn sie hat ihr Geld ehrlich verdient, während manche drängelnde Frauen keinen Finger krumm machen und ihre verdienenden Männer ausnehmen. Deshalb haben sie mehr Zeit und können ihre Taschen aufräumen. Und es ist vielleicht besser, wenn die Frau Seidenschnur ihre Tasche systematisch entleert, dann finden wir das Portemonnaie bestimmt.

Das geschah. Die Frau Seidenschnur packte jetzt ihre Tasche um, und es kamen systematisch zum Vorschein: ein Packen Bücher und Hefte, Strickzeug, ein Schal, eine Brille, ein Knirps, eine kaputte Schachtel mit bunter Kreide, ein Trommelrevolver, ein leeres Schreibetui, eine Kindermütze, noch eine Schachtel, ein Säckchen Murmeln, ein roter Lippenstift, drei Taschentücher, nämlich zwei benutzte und ein glattes, eine Stimmgabel, Skatkarten, eine Taschenlampe, Puderdose, zwei Kämme, eine ganze Menge Ausweise, Odokollongsch, Kreidestückchen, einzelne Pfennige und Groschen, eine angeknabberte Salzstange, verschiedene Knöpfe, ein Päckchen Majoran, Kugelschreiberminen, Tabletten, Heftpflaster, ein Gummiband und ein Bonbon. Den gab sie mir. Bloß das Portemonnaie war verschwunden.

Die Frau Seidenschnur guckte ganz traurig, weshalb ich sie wieder tröstete und sprach, sie hat es bestimmt zu Hause gelassen. Meine Mutter hat auch einmal in ihrer Tasche eine Fahrkarte gesucht, weil sie ein Kontrolleur sehen wollte. Ich sagte zu ihr, dass es ja einmal schiefgehen muss, da nahm der Kontrolleur meine Mutter mit. Später hat sie sich wieder eingefunden. Sie fiel beim Wühlen auf den

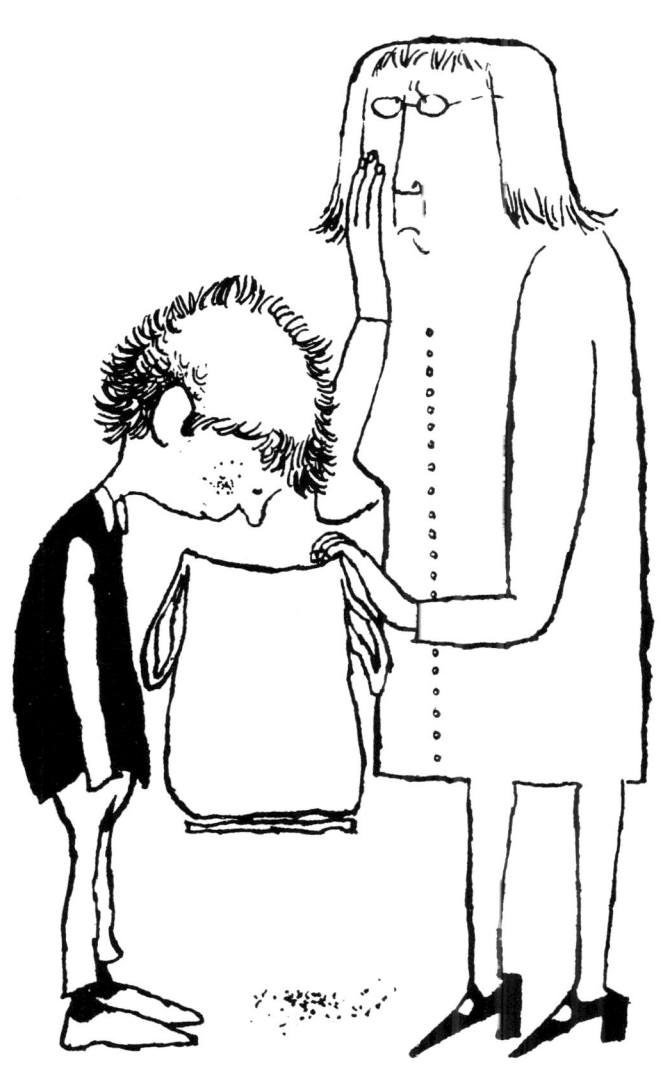

Fußboden, und der Kontrolleur musste ihr glauben, dass sie keine berufsmäßige Schwarzfahrerin ist. So was gibt's, und die Frau Seidenschnur soll ruhig wieder alles einpacken. Das geschah.

Als wir die Bücher und Hefte zum Schluss reindrückten, schrie die Frau Seidenschnur froh, hier ist das Portemonnaie. Es war in einem Buch eingeklemmt. Alle freuten sich mit, und ich sagte: „In einer ordentlichen Tasche findet sich alles wieder."

Ich dachte an diesem Nachmittag: „So ist das Leben. Der Herr Burschelmann sieht bei uns bloß negative Würmer, und er sollte sich ruhig einmal als Lehrergewerkschaftsmann auch darum kümmern, wie den Lehrerinnen das Einkaufen erleichtert wird. Auch das gehört zu einer ordentlichen Schule!"

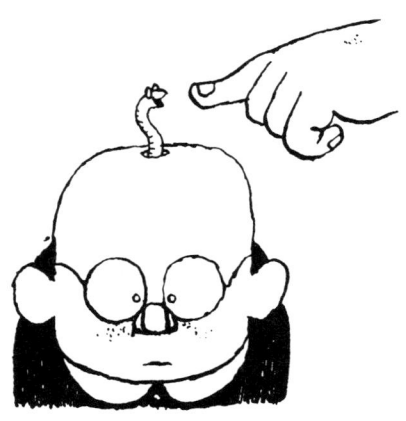

Das 8. Kapitel

kritisiert die feinen Unterschiede, die unser Herr Lehrer Kurz beim Verteilen von Zensuren anwendet, und erklärt, warum er nicht mehr in unsere Klasse kommen möchte.

Ein paar Tage lebten wir ganz friedlich in der Schule. Der Ordnungsdienst ließ uns in Ruhe, weil wir ihm auch nichts getan haben, und man muss zugeben, dass sich die Ordnungsschüler ganz ordentlich betragen. Mit den großen Schülern reden sie vernünftig, auch uns bedrohen sie bloß noch mit Fäusten und Flüchen und Anzeigen, wogegen wir uns nicht provozieren lassen. Man nennt diesen Zustand auch friedliche Koexistenz.

Sogar die Sauberkeits-Cornelia konnte nichts mehr an mir aussetzen. Ich habe mir nämlich von meiner Mutter ein Paar weiße Handschuhe geborgt, und wenn wir zum Essen gingen, zog ich sie mir an. Die Cornelia dachte erst, ich will dahinter bloß meine dreckigen Griffel verstecken, aber als ich sie auszog, war sie zufrieden. Weil die Mädchen wegen ihrer Gleichberechtigung für ihr Leben gern befehlen, verlangte Cornelia, ich soll sie auch beim Essen ausziehen. Ich tat das aber nicht, sondern fragte, wo es Vorschrift ist. Sie konnte mir das nicht sagen, und so ergab sie sich ihrem Schicksal.

Mein hygienisches Vorbild war ein wirkungsvolles; denn einige andere Schüler zogen sich jetzt auch weiße Hochzeitshandschuhe an. Der Herr Direktor Keiler fragte, was mit uns los ist, und der Herr Burschelmann antwortete, das gibt sich von alleine. Wenn man sich dagegen aufregt, kommen sie morgen mit Brautschleier und Narkosebinden vor dem Mund. Das Beste wird sein, wir reden noch einmal mit den Ordnungsdienstschülern, damit sie ihre Funktion nicht überdrehen. Auch könnte es nicht schaden, wenn wir für die Speisetische ein paar freundliche abwaschbare Decken besorgen würden, dann fällt die Unkultur mit den weißen Handschuhen nicht so auf. Man kann das Geld ja vom Schrottsammeln aufbringen. Der Herr Direktor Keiler erwiderte, er möchte auch so viel Geduld haben, aber mit den Tischdecken, das ist kein schlechter Gedanke.

Doch nach Sonnenschein folgt auch wieder Regen, und zwar in der Gestalt von Herrn Kurz. Der Herr Kurz kam in die Klasse und setzte sich hin. Er hatte die Diktathefte vor sich und machte dazu ein spannendes Gesicht. Wir wissen aber, dass sich sein Antlitz verändert, wenn er die einzelnen Namen aufruft. Dazu verteilt er Sprüche und verkündet Zensuren, erst die guten und nach und nach die immer schlechteren. Das ist wie im Theater, und man merkt genau, wenn das Drama dem Ende entgegengeht. So war es auch jetzt.

Der Herr Kurz rief ganz sanft: „Bärbelchen wo bist du, mein Kind?" Die Bärbel Patzig erhob sich froh wie eine Schülerin in guter Hoffnung. Sie ging nach vorn und zeigte von hinten ein stolzes Wackeln und Wippen. Der Herr Kurz verdrehte die Augen zur Bärbel und sprach mit spitzem Mund: „Wie immer süperb!" Das ist ein fremdländisches Wort und heißt auf Deutsch: Mein allerliebstes Bärbelchen, du hast wieder ein ganz fabelhaftes Einschen geschrieben. Dabei tätschelte der Herr Kurz ihre rosige Wangenhaut. Das Bärbelchen schritt danach noch stolzer zurück und zeigte allen ihre Zensur.

Der Herr Kurz rief jetzt nach der Wally. Kumpel Wally trampelte nach vorn, und der Herr Kurz sagte: „Bonforzionös, das kann sich sehen lassen!" Vielleicht hätte er die Wally auch gern getätschelt, aber Wally nahm schnell das Heft und trampelte zurück.

Jetzt schaute der Herr Kurz in die Klasse, als wenn er jemanden sucht. Er fragte ängstlich: „Wo ist denn unsere Sonja?" Unsere Sonja zog sich gleich den Exquisitpullover straff, damit ihre Brust richtig rauskommt. Der Herr Kurz sprach: „Allabonör!" und winkte die Sonja näher ran und zeigte mit ihrem Finger auf einen Fehler. Die Sonja markierte ein kleines Schrecklein, und der Herr Kurz tröstete sie mit seiner Hand und flüsterte: „Kopf hoch, noch eine gute Zwei." Diesen Befehl ließ sich Sonja nich zweimal sagen und ging mit hohem Kopf dahin.

Nun war es wohl soweit, dass auch ein paar Knaben nach vorne mussten. Es waren der Harald, der Klaus Bieber und ich. Uns sprach der Herr Kurz lauter an, nämlich mit „Müsjee Domma, noch Zwei!" Bei den Dreier-Knaben dagegen rief er bloß „Drei!" und bei den Dreier-Mädchen „Olala, wie kannst du nur so enttäuschen!" Den

48

Edwin Raschke begrüßte er soldatisch mit einem einfachen, aber kräftigen „Vier!", die faule Mia dagegen mit einem schmerzhaften Antlitz, welches jammerte: „O Mia, Mia!"

Auf dem Tisch lag nur noch ein Heft, und wir wussten, dass es jetzt dem Höhepunkt der Theatervorstellung entgegenging. Es war das Heft vom Schweine-Sigi. Der Sigi ist sonst kein schlechter Schüler und steht in Mathe, Bio und Werken auf Zwei, manchmal sogar Eins, auch in Geschichte. Bloß in Rechtschreibung und Russisch ist er eine Niete, und es passiert, dass er manchmal russische und deutsche Buchstaben durcheinanderbringt und statt Vater Vamer oder so was schreibt. Er meint, im Jahre 2000 brauchen wir sowieso eine RGW-Weltsprache, dann ist das vielleicht gerade richtig. Wir wussten, was jetzt auf Sigi zukommt, nämlich eine Ansprache von Herrn Kurz. Sie kommt immer näher und näher, bis man sie im Gesicht spürt, bestehend aus Wasserbläschen. Davor fürchtet sich jeder hygienische Schüler. Deshalb gab ich dem Sigi einen guten Ratschlag, was er dagegen tun kann, und als sein Name aufgerufen wurde, hatte Sigi seine Abwehrmaßnahmen beendet, indem er sich was an die Nase schmierte.

Der Herr Kurz fasste das Heft an, als wenn es beiße, und hob seine Stimme immer ein paar Töne höher. Er verglich Sigi mit Johann Wolfgang Goethe, der 40 000 Worte und mehr richtig schreiben konnte und trotzdem sterben musste, wogegen so was wie Sigi lebt. Der Herr Kurz kam mit seiner Rede immer näher und näher. Auf einmal blieb er ganz erschrocken stehen und wich vor dem Sigi zurück wie vor einem Geist. Es war aber kein Geist, sondern nur ein Kügelchen Kaugummi, das sich Sigi an ein Nasenloch geklebt hatte. Aber der Herr Kurz hat sich so geekelt und rannte gleich aus der Klasse, während Sigi wie ein ordentlicher Schüler seine Nase mit einem Taschentuch putzte. Es war ziemlich sauber.

So geschah es, dass in der Pause der Herr Kurz unserem Herrn Burschelmann zuschrie, er will in unserer Klasse keine Stunde mehr unterrichten, und er bestehe darauf, dass die meisten Knaben ausgesondert werden. Auch wird er von unserem Anblick krank, und es ist kein Wunder, wenn er morgen wieder zum Arzt muss. Der Herr Burschelmann wurde ganz zornig und hatte von uns auch genug. Er schrie vor der letzten Stunde in unsere Klasse, niemand soll nach dem Unterricht seinen Platz verlassen, wir sprechen uns noch.

Als es soweit war, fragte der Herr Burschelmann, was wirklich war, und er will es jetzt wissen. Weil sich niemand meldete, stand ich auf und sagte zum Herrn Burschelmann, es ist eigentlich gar nichts passiert. Der Herr Kurz verteilte die Diktate und rief uns auf, die Mädchen mit Vornamen und die Knaben mit Nachnamen, und keiner hat sich was dabei gedacht, weil wir es schon so gewohnt sind. Als der Sigi mit seiner Fünf dran war, bekam der Herr Kurz einen Anfall, wir erschraken, und der Sigi hat sich die Nase geputzt, das war alles, stimmt's?

Die Klasse schrie ja, weil sie Sigis Nase nicht sehen konnte, und der Herr Burschelmann wusste zum ersten Mal in seinem Leben nicht, was man darauf antworten soll. Er stand und wischte sich sein Gesicht und sein kräftiges Genick und guckte zum Fenster raus. Auch sah er ziemlich alt aus. Nach einer Weile sprach er fast ruhig, wir sollen schnell und leise die Klasse verlassen, alles andere wird er mit den Eltern besprechen.

Wir gingen. Ich war der Letzte, und wie ich mich an der Tür noch einmal umdrehte, stand der Herr Burschelmann noch immer schwitzend da und schaute zum Fenster raus. Ich dachte, eigentlich ist er doch der beste Knurrer und Lehrer, den es auf der Welt gibt, und ich nahm mir vor, ab morgen keinen Kaugummi mehr mitzubringen, und wer jetzt noch einmal undiszipliniert oder unhygienisch ist, dem knall ich eine. Mit diesem Vorsatz verließ ich die Klasse. Aber es kommt immer anders, als man denkt, und man soll nicht glauben, was gegen so ein bisschen Quatsch alles nachfolgt. Darüber kann man im nächsten Kapitel nachlesen.

Das 9. Kapitel

befasst sich mit der Frage, was es alles zu melden gibt und wie schnell aus einem Pionier ein Provokateur werden kann.

Mit guten Vorsätzen und ordentlich gemachten Schularbeiten begab ich mich am nächsten Tag auf den Schulweg. Ich war eine halbe Stunde zu früh da und schlich ein bisschen durch alle Klassen, um nach dem Rechten zu sehen. Wie ich gerade in die Zehnte hineinguckte, sah ich Old Schätterhänd. Er zog seine Armbinde auf und blies Zigarettenrauch zum Fenster raus, weil er um diese Zeit mit einem hohen Besuch noch nicht gerechnet hat.

Ich sagte, so ist es richtig. Als Ordnungsschüler angeben und dann in der Schule qualmen. Das haben wir gern. Und jetzt weiß ich auch, warum ihr unser Vorbild seid.

Old Schätterhänd antwortete erzieherisch, wenn ich nicht die Klappe halte, haut er mir ein paar drauf, und ich soll verschwinden.

Ich verschwand aber nicht, sondern sprach, wir werden ja sehen, wer zuletzt lacht. Old Schätterhänd entgegnete, er lacht zuletzt, und er weiß, dass meinetwegen und wegen unserer Klasse sowieso bald eine Elternversammlung sein wird, und man wird mich schon noch kleinkriegen. Ich antwortete, darauf warte ich schon lange, und es wird Zeit, dass Old Schätterhänd sein Testament macht.

Old Schätterhänd machte aber kein Testament, sondern drängte mich zur Tür hinaus. Ich wehrte mich, aber es half nichts, mein Hemd war schon zerrissen, auch bluteten die Lippe und die Nase, was bei mir öfter vorkommt. Weil Blut immer ein schrecklicher Anblick ist, ließ ich es ruhig auf mein Hemd tropfen. Jetzt sah ich aus wie ein Held nach einem schweren Abenteuer.

Ich ging in meine Klasse. Dort saß schon die brave Bärbel Patzig. Sie schrie leicht auf, als sie das Blut sah. Deshalb antwortete ich, sie soll einfach weggucken, wenn sie kein Blut sehen kann, und begab mich in den Waschraum.

Im Waschraum stand schon die Sauberkeits-Cornelia. Sie sprach wie ein Doktor: „Da haben wir ja noch einmal Glück gehabt."

Man muss zugeben, die Sauberkeits-Cornelia hat wenigstens eine gute Eigenschaft: Sie hilft und hat keine Angst vor Blut. Bloß danach wollte sie wissen, wie es kam, und hier verweigerte ich die Aussage. Das darf man. Der Old Schätterhänd ist zwar nicht mein Freund, aber mein Feind ist er auch nicht. Als FDJler ist er sogar mein Klassenbruder, aber als Old Schätterhänd manchmal ein gemeiner Schuft. Deshalb muss man ihn nicht gleich anzeigen, und er bekommt schon noch einen Denkzettel.

Die Sauberkeits-Cornelia war wie alle weiblichen Geschlechter von Geburt aus neugierig und enttäuscht, weil ich nichts verraten habe. Deshalb muss sie mich melden. Ich dachte, wenn das so weitergeht und alles gemeldet werden muss, dann kommt man vor lauter Melden überhaupt nicht mehr zum sozialistischen Lernen, Leben und Arbeiten.

In der Klasse hat wahrscheinlich die Bärbel den anderen schon gepetzt, was mit mir los ist. Die Pioniergruppenratsvorsitzende Wally fragte aber nicht, sondern zog mir das Hemd aus, damit sie schnell den Riss zunähen kann. Sie wurde damit nicht fertig; denn schon klingelte es. Der Klassendiensthabende Klaus Bieber meldete dem Herrn Luschmil, die Klasse ist zum Unterricht bereit, es fehlt der Benno Raschke.

Der Herr Luschmil hatte heute zum Glück einen guten Tag und fragte nur streng, ob die Meldung richtig ist? Der Klaus Bieber wiederholte sie, aber der Herr Luschmil antwortete: „Wenn ein Schüler im Unterhemd und mit Pioniertuch hier sitzt, dann ist das entweder eine falsche Meldung oder eine Provokation." Und ich soll sagen, ob man das Vorbereitung zum Unterricht nennt. Ich sprach, dass ich vorbereitet bin, und der Herr Luschmil kann abfragen und meine Hausarbeit nachsehen. Der Herr Luschmil erwiderte dagegen, wenn er mich ansieht, sieht er genug, und ich verunehre das Pioniertuch in diesem Aufzug, und er wird das dem Klassenleiter, dem Direktor und den Eltern mitteilen. Ich dachte, wie gut, dass der Herr Luschmil heute in prächtiger Laune ist, sonst hätte er es vielleicht noch der Zeitung und dem Staatsrat gemeldet. Auch schrieb er mir nur eine Widmung ins Klassenbuch. Sie lautete: „Der Domma provozierte mit unpässlicher Kleidung und verletzte damit das Pioniergesetz." Der Herr Luschmil befahl mir, ich soll das Pioniertuch abnehmen und sofort nach Hause gehen und mich anständig anziehen. So blieb mir nichts weiter übrig, als dem Befehl zu folgen.

Da ich nicht weit weg wohne, kam ich vor dem Klingeln noch zurück und schrie: „Herr Luschmil, ich melde mich ordentlich angezogen zum Unterricht."

Der Herr Luschmil ließ mich setzen, die Kinder staunten über mich, mein Freund Harald und noch ein paar grinsten blöd, und die Frau Pitthuhn fragte in der nächsten Stunde, ob ich heute noch zur Hochzeit will, weil ich mich so fein rausgeputzt habe. Ich sagte nein, aber es ist Vorschrift, zum Unterricht elegant bekleidet zu erscheinen, sonst ist man ein Provokateur. Die Frau Pitthuhn lachte und wünschte mir noch viel Spaß beim Feiern. Auch die Knaben freuten sich über mein Aussehen, und die Mädchen meinten, so gut habe ich noch nie gerochen, und ob das Parföng auf meinem Kopp Panasch heißt. Ich antwortete, nein, es heiße Weiße Nächte und kommt von unserem Freund extra aus Leningrad. Es ist sehr teuer und ein Freundschaftsgeschenk. Jetzt kann niemand mehr sagen, ich bin ein Provokateur, wenn ich mit meinem schönsten Anzug zur Schule komme und mich mit Freundschaftsparföng besprenge.

Aber so ist das Leben: Der Mensch denkt, und der Herr Burschelmann sagt ganz was anderes, nämlich: „Wo bin ich denn hier, in der Schule oder im Parfümladen?" Er riss das Fenster auf und wedelte mit den Händen. Aber so schnell zog der Duft nicht raus, im Gegenteil, jetzt wurde der Geruch nach der Frischluftzufuhr noch kräftiger. Erst hatte der Herr Burschelmann die Sonja Zunder und die dicke Mia im Verdacht, als er aber mich sah mit meinem schönen Aufzug und den glitschigen Haaren, stieg sein Verdacht um. Auch las er gleich die Eintragung im Klassenbuch. Der Herr Burschelmann sprach, das ist ja wirklich eine Provokation, und was mir einfällt, so zur Schule zu kommen. Hier ist eine Arbeitsstätte und kein Fernsehstudio mit weibischen Lackaffen.

Diese Rede gefiel mir besser als die Beschimpfung von Herrn Luschmil, und so erzählte ich, wie es kam.

Der Herr Burschelmann wollte noch wissen, woher ich meine blutige Lippe und das Auge habe. Ich antwortete, dass ich stürzte, und er kann mir glauben, es gibt auch gefallene Knaben. So was gibt's. Der Herr Burschelmann rief: „Schluss jetzt, Hefte raus und schreiben: Liebe Eltern. Kommen Sie bitte am Freitag zur Klassenelternversammlung, es geht um die Erziehungssituation in der Klasse. Beginn 20 Uhr." Mir hat der Herr Burschelmann noch geraten, ich soll zu Hause meinen Kopf wässern oder seinetwegen Teer raufschmieren. Das riecht dann wenigstens nach einem alten Fischerdorf.

Ich dachte, Ratschläge können alle Lehrer gut geben, was aber passiert, wenn ich keinen Teer bekomme?

Das ist mein Blut!

Das 10. Kapitel

zeigt Herrn Burschelmann als Wahrheitssucher, wobei ihm bald ein Licht aufging, meine Eltern dagegen nichts kapierten.

Als ich an diesem Tag das Schulhaus verließ, warteten unten mein Freund Harald, die Jule, der Sigi, die Wally, der lange Schücht und sogar die Bärbel Patzig. Sie fragten, wo ich so lange gesteckt habe. Ich antwortete, dass mich der Herr Burschelmann noch einmal sprechen wollte. Er war ganz vernünftig.

Der Harald meinte, ich bin ein Spinner, und ich soll endlich sagen, was wirklich los war. Ich erzählte es.

Als ich abhauen wollte, rief der Herr Burschelmann: „Bleib mal hier, du Lorbass!" Aber ich musste mich drei Meter vor seinen Leib hinstellen, damit ich ihn mit meinem wohlriechenden Kopf nicht betäube. Der Herr Burschelmann drehte an seiner 8-Mark-Taschenuhr und wollte wissen, was mit uns los ist. Und er wird uns vor der Elternversammlung sowieso noch einmal zusammentrommeln und vergattern; denn seit dem Unglück im Treppenflur sind wir die Sorgenkinder der Schule, und ich falle besonders gut auf. Auch wäre ich Herrn Luschmils Sargnagel.

Ich dachte, wenn das so weitergeht, dann sind wir vielleicht an allem schuld: an der Sargproduktion, am schlechten Wetter und überhaupt. Deshalb fragte ich laut: „Wieso?"

Der Herr Burschelmann ging ein bisschen auf und ab und sprach pädagogisch: „Wieso, wieso! Weil ihr der Ordnungsgruppe Scherereien macht! Weil ihr den Herrn Kurz ärgert, dass er nicht mehr in eure Klasse kommen möchte! Frau Pitthuhn beklagt sich über eure Leistungen, der Herr Keiler meint, als Pioniergruppe seid ihr schon einmal aktiver gewesen! Und ich muss selbst zugeben, dass ich mich in letzter Zeit etwas zu wenig um euch gekümmert habe." Und ich sollte jetzt dem Herrn Burschelmann sagen, was ich davon denke. Ich sagte, dabei kann man sich allerhand denken, und die Fehleraufzählung ist noch nicht vollständig. Dazu ein paar Beispiele. Die Sekretärin Frau Stichlein giftet uns dauernd voll, man müsste uns öfter den Arsch versohlen. Ich sagte zu ihr, wer so was in den Mund nimmt, muss sich eigentlich die Zähne putzen. Da hat mich die Frau Stichlein beim Herrn Luschmil verpetzt, und zur Strafe musste ich alle Papierchen auf dem Schulhof aufsammeln. Old Schätterhänd und noch ein paar Ordnungsschüler beobachteten mich und machten blöde Witze. So ist die Gerechtigkeit und Schikane, und wir müssen immer gehorchen und sauber machen, was andere verdrecken. Das ist die Wahrheit.

Oder nehmen wir den Schweine-Sigi. Wenn er mit der Grammatik nicht so mitkommt, wieso ist er dann aus dem Mund des Herrn Kurz ein Subjekt? Wir sagen doch auch nicht zum Herrn Kurz Herr Adjektiv; denn er hat wie Sigi einen richtigen Namen und ist ein Mensch, sogar ein kränklicher. Auch nennt er uns Knaben Hammelherde, wogegen die Mädchen seine Lieblingsschäfchen sind. Ich glaube nicht, dass der Herr Kurz Hammelhirt studiert hat, sondern Lehrer. Auch tragen Hammel kein Pioniertuch, und das kann man wissenschaftlich beweisen.

Oder nehmen wir den Herrn Direktor Keiler. Er ist unser Vorbild und lässt sich leicht einwickeln, zum Beispiel von der schönen Gerlinde Zimmer aus der Zehnten. Als unsere Klasse am meisten Schrott gesammelt hatte, umschmeichelte die Zimmerlinde den Herrn Direktor, er soll das Ergebnis erst bekanntgeben, wenn ihre Klasse unsere überboten hat. Und der Herr Direktor ging darauf ein, weil die Zimmerlinde so schön lachen und flöten kann.

Oder nehmen wir den Herrn Luschmil. Es kann sein, dass er ein Leiden hat und darum immer so leidlich ist. Aber deshalb muss er doch nicht dauernd auf unserer Klasse herumhacken. Wenn eine Scheibe kaputt ist oder jemand Stullenpapier auf den Hof schmeißt oder jemand an den Kirschbaum im Schulgarten Bananenschalen hängt oder Herrn Luschmils Autonummer mit Kreide überstreicht und der ABV ihn deshalb ... na ja, immer wenn so was passiert, kommt der Herr Luschmil zuerst in unsere Klasse und fragt: Wer hat heute früh in die Lehrertoilette ungelöschten Kalk geschmissen? Und wir müssen dann zur Untersuchung unsere Hände vorzeigen, obwohl der Frau Pitthuhn gar nichts passiert ist. Sie ist bloß vor

Schreck gleich wieder herausgesprungen und hat geschrien, es brodelt bei ihr. Als sich herausstellte, dass es einer aus der 8. Klasse war, sagte der Herr Luschmil zum Herrn Burschelmann, uns traut er so was auch zu.

Und das Fräulein Heidenröslein ist immer noch krank. Als wir sie vor ein paar Tagen besucht haben, sagte sie, am liebsten möchte sie gleich in die Stadt zu ihrem Freund ziehen und heiraten. So kommt ein Unglück selten allein, und es trifft immer die Besten. Frau Pitthuhn sieht schlecht, Frau Seidenschnur sucht ihre Geldbörse, und unser Pilei Alfons schrieb eine Ansichtskarte, dass es ihm auf dem Lehrgang gefällt. So ist das Leben! Deshalb gab ich dem Herrn Burschelmann mein Heft und sprach, er kann ruhig was reinschreiben, und es kommt mir jetzt auf ein paar Tadel mehr nicht an.

Der Herr Burschelmann hat mir aber keinen Tadel eingetragen, sondern bloß gefragt, wieso er das alles nicht weiß, und jetzt geht ihm ein Licht auf. Es muss ein ziemlich helles gewesen sein; denn er lachte schon wieder und zog seine angeknabberte Pfeife raus. Auch gab er mir einen kleinen Schubs zur Tür, und hier bin ich.

Meine Freunde beklopften mich, und die Bärbel fragte ängstlich, wie der Herr Burschelmann gelacht hat. Ich zeigte es der Bärbel. Sie bekam gleich einen Schreck und versteckte sich hinter der kräftigen Wally. Diese sprach: „Wenn es so ist, dann geht es ja, und wir werden in unserer Gruppe am besten ein Kampfprogramm aufstellen."

Der lange Schücht fragte, gegen wen die Wally kämpfen will, und mein Freund Harald antwortete als Freundschaftsratmitglied: „Wir kämpfen um die Erziehungssituation in unserer Klasse." Als Mensch hat mir der Harald beim Nach-Hause-gehen aber verraten, dass er auch gegen die Ungerechtigkeit kämpfen will, und wir könnten uns ja Partisanen der Gerechtigkeit nennen. Ob ich mitmache. Ich schwor es, und beim Old Schätterhänd fangen wir an.

So kam es doch noch zu einer guten Stimmung. Aber als abends meine Eltern die Einladung zur Klassenelternversammlung lasen, war die Stimmung schon wieder hin. Denn viele Eltern denken, dass so was nur wegen des eigenen Kindes veranstaltet wird. Sie fragten mich dauernd warum. Ich antwortete nur: „Es ist wahrscheinlich wegen dem Treppensturz, wegen dem Kaugummi, wegen Frau Stichlein, wegen der verschwundenen Geldbörse, und wenn wir Pech haben, kommt der Bandwurm auch auf den Tisch."

Meine Mutter jammerte, sie überlebt das nicht, wogegen mein Vater seinen schweren Kopf hielt und dauernd vor sich hin redete, er versteht kein Wort. Und er fragte laut: „Bin ich denn bekloppt, oder was?" Ich tröstete ihn und antwortete, er ist nicht bekloppt. Trotzdem schliefen meine Eltern schwer ein, wogegen ich ganz normal schnarchte.

Das 11. Kapitel

*lässt Old Schätterhänd wegen eines Furunkels zum Hilfslehrer auf-
steigen und mich ein Gemälde malen, das gleich beschlagnahmt wird.*

Eins muss man dem Herrn Burschelmann lassen: Er hält immer
sein Wort. Und so hat er uns am nächsten Tag nach dem Unterricht
gleich zusammengetrommelt und vergattert. Er brummte mächtig,
weil wir ihm nicht schon früher die Erziehungssituation beschrieben haben, und als er uns wegen Schlappheit und beleidigt sein so
richtig andonnerte, wussten wir, dass er uns ganz gut leiden kann.
So entstand auf unsere Initiative hin ein sehr schönes Programm,
es lautete:

1. Für den sprachschwachen Schweine-Sigi bilden die Pioniere
Bärbel, Juliana und Ottokar eine Patenschaft.
2. Sie geben dem darniederliegenden Benno Raschke ebenfalls
Nachhilfe, damit der Treppenstürzler nicht hängenbleibt.
3. Die Pioniere der Klasse 6a sind diszipliniert und helfen dem
Ordnungsdienst, seine Fehler zu überwinden, auch die unsrigen.
4. Wir rufen alle interessanten Eltern auf, unsere Pioniergruppe
zu unterstützen, und zwar vielseitig. Sie können auch ihre Hobbys
bei uns übertragen.
5. Auch pflegen wir den Briefverkehr mit Freunden.
6. Die Patenbrigade könnte ruhig mit uns eine Arbeitsgemein-
schaft gründen, wenn nicht, dann wenigstens etwas anderes tun
und nicht nur immerzu reden, wie gut wir werden müssen.
7. Wir bereiten ein Schulfest für alle Elternteile vor. Was wir machen wollen, müssen wir uns noch überlegen.

Der Herr Burschelmann meinte, das ist wenigstens etwas, und wir
sollen nicht vergessen, abzurechnen. Wir versprachen es, und ich
sagte zu meinem Freund Harald, wenn der Herr Burschelmann auch
für Abrechnen ist, dann kann uns nichts passieren, und zuerst rechnen wir mit Old Schätterhänd ab. Das geschah auch, nur kam es
nicht so, wie wir es uns dachten, sondern anders.

An dem Tag, als die Elternversammlung sein sollte, hatten wir in der letzten Stunde für das ausgefallene Fräulein Heidenröslein mit Herrn Luschmil Zeichnen. Der Herr Luschmil kann aber nicht zeichnen, darum befahl er, wir sollen das Thema „Herbst" bemalen. Weil die Zehnte gerade Sport und der Old Schäterhänd ein Furunkel auf dem Gesäß hatte, fragte der Herr Luschmil den Herrn Sportlehrer Stramm, ob er ihm den Old Schätterhänd mal borgt, er kann sich sowieso nicht bücken.

Der Herr Stramm war sehr froh, dass er ihn loswurde, und er willigte ein. Der Herr Luschmil schob den geborgten Old Schätterhänd in unsere Klasse und sprach mit seiner Räucherstimme: „Du passt hier auf und schreibst mir jeden auf, der undiszipliniert ist. Ich bin im Lehrerzimmer und korrigiere Hefte. Und keinen Laut, Herrschaften, ich höre alles." Old Schätterhänd antwortete „okee", und der Herr Luschmil ging, indem er uns an der Tür noch einmal freundlich zudrohte und mir einen besonders schönen Blick schenkte.

Der Old Schätterhänd lehnte sich an die Tafel und stemmte seine Flossen in die Seitenteile. Dazu nölte er, wir sollen nicht so dämlich gucken, sondern „Rabotti, rabotti, dawai!". Ich rief: „Old Schätterhänd ist ein Ass. Der kann Englisch und Russisch." Alle lachten. Da schlenkerte Old Schätterhänd langsam zu mir, und ich sagte: „Wenn du mich anfasst, knall ich dir eins auf deinen Furunkel, dass du jaulst." Deshalb fasste er mich nicht an, sondern fläzte sich bloß vor meinen Tisch und sprach gebildet: „Eh, aus dir mach ich eine Mücke, kompri?" Ich antwortete: „Jawoll, Herr Old Schätterhänd, und ich wusste gar nicht, dass Sie auch Italienisch beherrschen."

Jetzt mussten wieder alle lachen, bis dass der Old Schätterhänd „Ruhe!" rief. Und zu mir sagte er, ich bin der erste Kandidat auf seiner Liste. Er ging nach vorn und schrieb was in sein Ordnerheftchen.

Eine Weile war es ruhig, und wir fingen an zu malen. Aber dann fiel mir was ein, und ich meldete mich. Old Schätterhänd blickte jetzt stolz und fragte mich gnädig, was ich will. Ich verstellte meine Stimme und fragte ziemlich brav: „Herr Hilfslehrer Old Schätterhänd, ich weiß nicht, was ich malen soll. Können Sie mir vielleicht einen Rat geben?"

Einige grinsten, und die Jule Bock musste gleich ihr Taschentuch benutzen, weil sie durch die Nase lachte.

Aber der Hilfslehrer sprach: „So gefällst du mir schon besser, mein Kleiner. Ich will dir das Thema noch einmal wiederholen. Es lautet: der Herbst. Da kann man allerhand malen, klar!"

„No charaschoo", sagte ich und wollte wissen, ob man im Herbst vielleicht auch Menschen malen kann.

Old Schätterhänd musste erst ein bisschen nachdenken, wobei er noch blöder aussah. Dann gab er mir recht und die Belehrung: „Du kannst ja Menschen mit Regenschirm malen." Er verkreuzte die Arme vor seiner Brust und schaute huldvoll in die Klasse. Die Bärbel flüsterte „Au fein", und ich sagte: „Danke, Old Schätterhänd, Ihr Vorschlag ist gar nicht so schlecht."

Old Schätterhänd dachte bestimmt, er hat aus mir eine dressierte Mücke gemacht, und erwiderte gönnerisch: „Eh, wenn du dich anständig benimmst, kannst du weiterhin du zu mir sagen, okee?" Und er fügte hinzu, er will den Vorfall von vorhin vergessen und mich wieder als Spitzenkandidat von der Liste streichen.

Wir malten, weil es uns Spaß machte, und so merkten wir den Old Schätterhänd gar nicht mehr. Bevor es klingelte, kam der Herr Luschmil und sammelte die Gemälde ein. Als er meins sah, fragte er: „Was soll diese Schweinerei?" Ich antwortete, das ist keine Schweinerei, sondern ein Schüler, der im Wald plötzlich schnell austreten musste. Und weil es im Wald herbstlich regnet, spannt er seinen Regenschirm auf, damit hier hinten das große Furunkel nicht nass wird. Old Schätterhänd hat mir selbst den Rat gegeben, ich soll einen Menschen mit Regenschirm malen, stimmt's? Einige sagten ja, und der Herr Luschmil versprach: „Das hat ein Nachspiel, heute Abend in der Elternversammlung!"

Mir war schon alles egal, und ich dachte, im Kampf gegen ungerechte Behandlung muss ein Partisan der Gerechtigkeit hart werden und auch Opfer auf sich nehmen können. Und es ist ein Glück, dass die Tasche von Herrn Luschmil ziemlich klein ist. Sonst müsste er

auch die Toilettentüren der Abortabteilung für große Schüler aushaken und in die Versammlung mitnehmen. Dort sind erst Gemälde dran!

Mein Vater wird sich wahrscheinlich beim Betrachten meines Gemäldes nichts Schlechtes denken; denn er hatte in seiner Jugendzeit fünf Stück solcher Furunkel, und er erzählte öfter, wie schön das war. Bloß meine Mutter tut mir leid. Sie sagt bestimmt: „Warum hast du uns schon wieder diese Schande gemacht?" Ich werde ihr versprechen, mich zu bessern, aber jetzt war es sowieso schon zu spät, die Besserung kann deshalb erst morgen beginnen.

Das 12. Kapitel

gibt Auskunft über eine Unterrichtsstunde beim Herrn Kurz, die fast zu unserer Sterbestunde geworden wäre, wenn uns der Herr Burschelmann nicht wieder zum Leben erweckt hätte.

In dieser Nacht konnte ich nicht so richtig schlafen. Dauernd träumte ich komische Sachen und war wieder wach. Ich sah die Eltern in der Klasse sitzen, und der Herr Luschmil machte seine Tasche auf und zog einen Bandwurm raus. Aber die Eltern schützten sich und spannten ihre Regenschirme auf, während Old Schätterhänd an dem einen Ende vom Bandwurm zog und ich am anderen Ende. Ich zog und zog, aber meine Kräfte wurden immer schwächer, und die Frau Stichlein kam mit ihrer großen Schere und schnitt ihn durch. Als ich hinfiel, schrie ich auf und dachte, ein Glück, dass ich im Bett liege.

Ich zählte bis dreihundertachtundsiebzig, wobei ich mich ein paarmal verzählte, und war schließlich wieder eingeschlafen. Mein Freund Harald ging im Schlaf mit mir zur Schule, und als ich meine Schultasche aufmachte, waren nur Mohrrüben und die Börse von Frau Seidenschnur drin. Der Herr Burschelmann qualmte, und der Rauch wurde immer dicker und verklebte mir die Augen. Aber die Juliana Bock wusch mir das Gesicht ab und war ganz dicht bei mir. Ich spürte sie richtig und sogar ihre warme Gesichtshaut. Aber dann war es doch nicht die Jule, sondern meine Mutter, welche mich abschnuddelte und sprach: „Ach, was werde ich mit dir wohl noch erleben!"

Ich fragte, ob ich schon aufstehen muss, doch mein Vater knurrte: „Penn bloß weiter, du alter Schlawiner!", und er befahl der Mutter, schlafen zu gehen, es ist spät genug. Draußen hörte ich die Mutter sagen, sie kann mir gar nicht richtig böse sein. Der Vater lachte und antwortete, er war auch kein Heiliger, aber einen Denkzettel muss ich ab und zu haben.

So dachte ich an die Jule und schlief gleich wieder ein, aber sie kam nicht mehr wieder, sondern meine Schwester, die mir das Bett wegzog und dauernd schrie: „Aufstehen, du Fauler, aufstehen, aufstehen!" Ich wollte sie deswegen eigentlich ein bisschen verprügeln, aber dann dachte ich, man darf sich an kleinen Kindern nicht vergreifen, und holte lieber meinen Expander. Die Muskeln sind seit vier Wochen schon drei Millimeter dicker geworden, und wenn das Wachstum so weitergeht, kann ich bald Old Schätterhänd in den Hungergriff nehmen.

Meine Mutter hatte das Frühstück schon fertig und empfing mich mit einem traurigen Blick. Sie guckte in meine Ohren, und weil sie dort einmal nichts auszusetzen hatte, suchte sie einen anderen Punkt und fragte: „Sag mal, schämst du dich nicht, deine Lehrer und uns so zu beschwindeln? Ich hab mich so geschämt wegen deiner Bandwurmspinnerei und dachte, woher hat er das bloß. Ich bin doch keine Dreckvettel, die dir Schmutz zu essen gibt!"

Dass irgendetwas rauskommt, dachte ich mir auch, aber ich hätte nicht geglaubt, dass der Herr Burschelmann eine Petze ist, und darüber war ich wütend traurig. Bei Herrn Luschmil und Herrn Kurz hätte ich mir nichts draus gemacht. Deshalb schrie ich der Mutter zu: „Das ist gemein von Herrn Burschelmann, so was hab ich ihm nicht zugetraut."

Meine Mutter hielt mir den Mund zu und entgegnete, ich soll froh sein, dass der Herr Burschelmann mein Klassenlehrer ist, und er hat das nicht in der Versammlung gepetzt, sondern auf dem Nachhauseweg erzählt, und eigentlich sollten wir dir das gar nicht sagen, weil es reicht, wenn der Herr Burschelmann mich durchschaut. Aber eine Schande ist es doch, und sonst ist der Herr Burschelmann mit mir ganz zufrieden, auch gefällt ihm, dass ich dem Herrn Burschelmann in einigen Sachen die Augen geöffnet habe, und ich soll der Mutter sagen, was das war.

Ich antwortete, dass ich nicht hinten rum petze wie manche Lehrer, und es genügt, wenn der Herr Burschelmann es weiß. Aber so ganz wütend war ich jetzt nicht mehr. Denn ich dachte mir, der Herr Burschelmann ist vielleicht auch nur ein Mensch und läuft manchmal über, und es steht jetzt 1:1, weil jeder mal einen schwachen Tag haben kann.

Ich fragte die Mutter, ob auch der Herr Luschmil in der Versammlung war. Sie sagte ja, aber er redete nicht viel, nur dass es in unserer Klasse ein paar Schüler geben muss, die dem Ordnungsdienst nicht folgen. Der Herr Burschelmann hat das Thema aber gleich abgeschnitten und zum Herrn Luschmil gesagt, über diese Sache muss man sich erst noch einmal im Kollegium unterhalten. Der Herr Luschmil winkte dann bloß mit der Hand. Meine Mutter wollte trotzdem von mir wissen, ob ich vielleicht auch dem Ordnungsdienst nicht gehorche. Ich antwortete: „Darüber müssen wir uns erst noch mal im Pionierkollegium unterhalten." Meine Mutter winkte jetzt auch bloß ab und sprach über ihre warme Schulter: „Versprich mir, dass du dich zusammennimmst!" Ich versprach es.

Als ich in der Klasse war, redeten fast alle von der Versammlung, und mein Freund Harald flüsterte mir zu, es muss ganz schön was los gewesen sein. Schade, dass der Herr Kurz nicht dabei war; denn einige Eltern haben sich über ihn auch ausgelassen, und der Herr Burschelmann bringt das alles im Kollegium vor.

Ich sagte, wenn das so ist, dann ist es gut, und wir brauchen nachher bloß aufzupassen, zu wem der Herr Kurz besonders freundlich ist, und wir wissen dann, welche Eltern ihn kritisiert haben. Denn der Kurz möchte sich mit den Eltern nicht gern anlegen und lässt seinen Ärger lieber an unseren Zensuren aus, weil hier niemand reinreden kann.

Es klingelte, und wir setzten uns hin. Da kam auch schon der Herr Kurz mit roten Augen und sprach sanft: „Seid bereit!"

Der Herr Kurz sollte als Vertretung für das kranke Fräulein Heidenröslein eigentlich Deutsch mit uns machen, aber unser Herr Burschelmann muss ihm im Lehrerzimmer schon was zugesteckt haben, deshalb erklärte uns der Herr Kurz, weshalb er gestern nicht zur Elternversammlung war. Er fühlt sich schon eine ganze Zeit nicht wohl und müsste eigentlich ins Bett, aber wenn er daran denkt, dass wir dann wieder Stundenausfall haben könnten, hat er keine Ruhe. Und er möchte uns alles geben. Und wenn er sich einmal tot hinlegt, möchte er uns als tüchtige Menschen sehen und sagen, er hat nicht umsonst geschuftet und ist für uns zu Recht gestorben.

Darum wundert er sich, wieso ihn manche Schüler nicht verstehen. Er fragte den Schweine-Sigi ganz weich, ob er ihn vielleicht nicht leiden kann. Der Sigi blies seine vorderen Backen auf, und der Herr Kurz sprach zur Klasse, für ihn sind alle gleich, und er hält sich an die Losung, in seinem Mittelpunkt steht der Mensch. Danach kam die Frage an die Mädchen, ob er vielleicht zu streng ist. Die Bärbel Patzig antwortete zitterig nein. So ging die Stunde dahin, der Herr Kurz winkte uns müde zu, und der bulligere Herr Burschelmann betrat die Klasse mit der frohen Botschaft: „Guckt nicht wie bei einer Beerdigung, gleich gibt's Feuerwerk!" Da sind wir wieder lebendig geworden, und es war gut so. Denn hätte der Herr Kurz noch eine Stunde mit uns so traurig weitergeredet, dann wären wir vielleicht noch vor ihm gestorben und hätten sagen müssen: Wir sind umsonst dahingegangen, und der Herr Kurz lebt noch.

Das 13. Kapitel

setzt sich mit einem gemeinen Brief des pionierlosen Pillenheini auseinander, wobei auch Old Schätterhänd einen Denkzettel abbekommt.

Nach der schönen Verwandlung von Herrn Kurz wäre beinahe nichts Aufregendes mehr passiert, weil auch die Ordnungsschüler nach der Elternversammlung ihr Fett abbekamen, vielleicht sogar vom Herrn Direktor Keiler. Der Ordnungsdienst darf uns jetzt nicht mehr schikanieren, sondern nur noch aufschreiben, wer sich vergangen hat. Am Ende der Woche müssen die Ordnungsschüler beim Herrn Direktor Keiler antanzen und dort über die Geschehnisse der Woche abrechnen. Mit diesen Vorkommnissen würzt der Herr Direktor den Morgenappell. Die schweren Knaben und Mädchen müssen antreten und noch einmal anhören, welche Verbrechen der Ordnungsdienst an ihnen entdeckte. Die leichten Vergehen werden mit erzieherischen Zeigefingern oder vielleicht mit einem Tadel bestraft, die schweren mit einer Predigt vor der Fahne.

Zu den schweren Verbrechen zählen: Schubsen und Stänkern beim An- und Austreten, Brüllen und Pfeifen in Wohnbezirkslautstärke, Beschädigung von Schul- und Leibeigentum, zum Beispiel durch nasse Schneebälle und so was, Entnervung der Lehrer durch wildes Zeckspielen, Jauchzen, Kletterübungen und Ähnliches. Neben der Bestrafung solcher Verbrechen vor dem Kollektiv bekommt man nicht selten auch noch eine Strafe in Form von Tadeln, Arbeitsauflagen usw. aufgebrummt. Aber das Ekelhafteste ist, dass man solche Vorkommnisse vor allen Schülern und Lehrern aufbauscht und auswalzt, und man kann vor der Fahne keine Verteidigungsrede halten.

Leichtere Verstöße wie zum Beispiel Diebstahl von Klingeln, Dynamos und Lampen von Schülerfahrrädern, gemeine Griffe der älteren Schüler an den Mädchen, das Tragen von speckigen langen Haarzotteln, lautes Rülpsen oder das ekelhafte Getue von einigen Modepuppen – solche Kleinigkeiten werden nicht öffentlich abge-

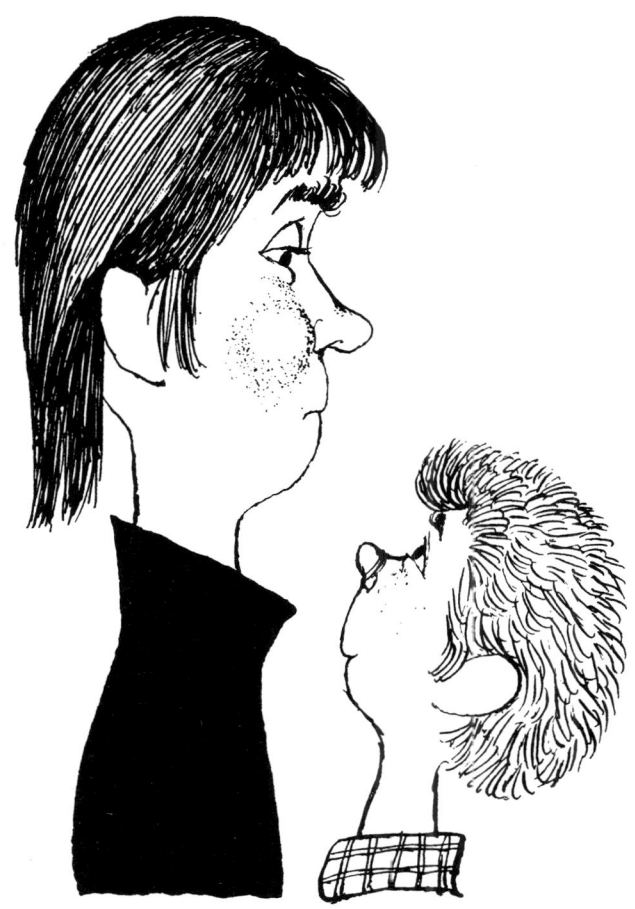

kanzelt, sondern fallen meistens unter Ausschluss der Pionier- und FDJ-Öffentlichkeit.

Als der Sohn von einer Dorfpersönlichkeit erwischt wurde, wie er einen Telefonautomaten knackte, da hieß es gleich, die Sache wird untersucht, und bis dahin wollen wir nichts unternehmen. Sie untersuchten und untersuchten, und weil der Vater jemanden kannte, der ihm half, kam der Sohn nicht mehr an unsere Schule, sondern an eine andere. So kann man einschätzen, dass es für den Ordnungsdienst gar nicht so leicht ist, herauszufinden, welche Vergehen für die Pionier- und FDJ-Öffentlichkeit bestimmt sind und welche zur geheimen Sache gehören. Deshalb bin ich dafür, dass der Ordnungsdienst nicht nur vor dem Herrn Direktor Keiler, sondern auch vor uns mit abrechnet, und wir werden ja sehen, was dabei herauskommt.

Ich war wie durch ein Wunder bei den letzten Appellen nicht nach vorne gerufen worden. Erst dachte ich, vielleicht bin ich krank, und sagte deshalb in der Pause zu meinem Freund Harald, er soll sich doch einmal meine Zunge ansehen. Er antwortete, sie ist nicht belegt, sondern schön rot. Aber der vorbeigehende Speckmann sah die Zunge als Ordnungsschüler anders und notierte sie gleich für die Abrechnung. Es wird sich ja herausstellen, ob dieses Zungenvergehen öffentlich behandelt werden muss oder auch zur geheimen Sache gehört. Seit ein paar Tagen weiß ich, dass das Schreiben von gemeinen Briefen ebenfalls nicht in der Öffentlichkeit behandelt werden darf. Dazu ein frisches Beispiel:

In unserer Klasse gibt es ein Ferkel. Es ist der pionierlose Pillenheini. Er schrieb in der Stunde bei Frau Pitthuhn ein Briefchen mit der Aufschrift „Für Juliana Bock". Die Jule dachte sich nichts und nahm es von hinten, und als sie den Zettel las, bekam sie einen ganz roten Kopf. Ich konnte von der Seite auch mitlesen, es war eine richtige Pillenheinischweinerei mit Zeichnung. Da wurde die Jule aufgerufen. Sie steckte den Zettel schnell zwischen ihr Heft und stand auf. Aber eine Lehrerin wie Frau Pitthuhn merkt gleich, wo etwas nicht stimmt, und kam näher. Ich dachte, es wäre nicht gut, wenn sie diesen Zettel in Jules Heft findet. Ich zog ihn deshalb schnell raus und legte ihn zwischen mein Heft. Als Frau Pitthuhn Jules Heft zur Hand nahm und darin blätterte, wurde Jules Gesicht noch röter. Da Frau Pitthuhn nichts fand und ich ein besonders unschuldiges Gesicht machte, bekam sie Verdacht und nahm auch mein Heft weg. Bald darauf wurde auch Frau Pitthuhn rot, und sie sprach streng: „Pfui, Ottokar, von dir hätte ich so was am allerwenigsten erwartet. Deine Eltern werden sich freuen, wenn sie das sehen." Und sie steckte den Zettel ein.

In der Pause musste ich mit Frau Pitthuhn zum Herrn Direktor Keiler gehen. Sie legte ihm gleich aufgeregt den Zettel vor, und weil

Frau Stichlein dabeistand, war mir klar, dass es in ein paar Minuten die ganze Schule wissen wird. Aber der Herr Keiler schickte Frau Stichlein gleich hinaus und sprach zu mir höflich, wie ich mich jetzt fühle. Ich sagte, nicht schlecht, weil ich jeden Abend schon um acht ins Bett muss. Frau Pitthuhn schüttelte über meine ehrliche Antwort den Kopf, und der Herr Direktor Keiler meinte, er glaube nicht, dass ich mich heute Abend noch so wohl fühle, wenn er meinen Eltern diesen Zettel überreicht. Und er hob ihn mit zwei spitzen Fingern hoch. Ich sagte „ach so", und erzählte dem Herrn Direktor, wie es kam, und ich schlug vor, am besten ist, der Herr Direktor liest diese Schweinerei vor allen vor, und wenn der gemeine Pillenheini sich nicht freiwillig stellt, helf ich ein bisschen nach. Ich kenne einen ganz guten Polizeigriff. Der Herr Direktor antwortete, er will das nicht an die große Glocke hängen, sondern Pillenheinis Eltern zu einer Aussprache einladen.

Daran kann man erkennen, dass gemeine Briefe ebenfalls geheim behandelt werden, und mir war es auch schon egal. Als ich ins Vorzimmer kam, sah mir Frau Stichlein naserümpfend nach, und in der zweiten Pause meinte Old Schätterhänd zu seinem Speckmannkumpel: „Dort geht das alte Schwein. Als ich so alt war, wusste ich noch nicht einmal den Unterschied zwischen Männlein und Weiblein." Ich riss mich aber zusammen und dachte, man muss nicht alles an die große Glocke hängen. Auch wenn die Wahrheit rauskommt, heißt es doch gleich: Natürlich die 6. Klasse, woher soll sonst so was kommen!

Weil ich dem Old Schätterhänd und der klatschsüchtigen Frau Stichlein schon lange eins auswischen wollte, sagte ich zu meinem Freund Harald: „Ich habe jetzt einen Plan." Der Harald hörte zu und meinte: „Als Mensch halte ich deinen Plan für nicht ganz richtig, aber weil du an unsere Pioniergruppenehre und Klasse gedacht hast, mach ich als Pionier mit." Nur bleibt der Plan unser Geheimnis. Wir schworen es und besiegelten uns mit Blut, indem wir uns in die Hand ritzten und einen blutigen Handschlag vollzogen.

Nach der Schule gingen wir in Haralds Wohnung und schrieben mit verstellten Druckbuchstaben einen Brief. Er lautete: „Liebe Frau

Isolde Stichlein! Trotzdem Sie nicht mehr die Jüngste sind, gefallen Sie mir kolossal gut. Sie sind okee von der Zunge bis zum Zeh! Es grüßt Sie Ihr Kollege Schüler Heinz-Günthi. Sie können mich auch Old Schätterhänd nennen."

Wir steckten den Brief in einen Umschlag und ins Schulpostfach. Wie es dann weiterging, ist schnell erzählt. Frau Stichlein wartete vor der 10. Klasse. Old Schätterhänd kam, und Frau Stichlein gab ihm, ohne was zu sagen, eine saftige Ohrfeige. Das war alles.

Old Schätterhänd guckte blöd, mein Freund Harald und ich fragten ihn, was er verbrochen hat. Er antwortete, dass er nicht allein ihr Fahrrad versteckt hatte, es waren auch andere beteiligt. Aber deswegen muss sie ja nicht gleich knallen. Wir sprachen, das ist wahr, es gibt schlimmere Sachen. Aber besser so, als wenn es an die große Glocke kommt und vielleicht sogar vor die Fahne. Dann würden es alle erfahren.

Das sah Old Schätterhänd ein, und er war der erste Schüler, der sich hinterher über eine Ohrfeige noch gefreut hat. Mein Freund Harald atmete auf und sagte zu mir als Mensch: „Das ging ja noch einmal gut. Aber wiederholen dürfen wir so was nicht, weil die Delegierung von Ohrfeigen verboten ist. Wir müssen uns beim nächsten Mal was Neues und Fortschrittliches ausdenken." Ich war an diesem Tag sehr froh und sagte: „Ja, panjemaju, Towarischtsch Harald Haraldowitsch." Unsere Russischlehrerin Frau Pitthuhn, die gerade vorbeikam, lachte uns fröhlich zu und rief: „Das ist aber fein, ihr lieben Jungs, wie ihr voneinander fleißig lernt."

Das 14. Kapitel

weist nach, was passiert, wenn Schüler verbotene Wege gehen und Selterswasser mit Wodka verwechseln.

Nach der großen Verwandlung unseres Herrn Kurz dachte ich mir, es wäre nicht schlecht, wenn alle Lehrer immer so einsichtig sein würden. Aber ein schönes Sprichwort lautet: Man soll den Tag nicht vor dem Abend loben, besonders wenn man Pferde vor der Apotheke kotzen sieht. Solche Sprichwörter muss man nicht so genau nehmen, sie sind dazu da, dass man sie auf erlebte Vorkommnisse überträgt.

Zum Beispiel war das kotzende Lebewesen kein Pferd, sondern Old Schätterhänd. Auch kotzte er nicht vor der Apotheke, sondern auf den Flur vor dem Waschraum, weil er besoffen war. Aber im Prinzip stimmt das Sprichwort. Denn Old Schätterhänd und der Speckmann hatten bei einem Tanznachmittag der FDJ-Gruppe Wodka aus einer Seltersflasche getrunken, vielleicht sogar Adlershofer. Man muss den Vorgang einmal genauer schildern.

Weil mein Freund Harald und ich an diesem Mittwoch nicht wussten, was wir anfangen sollten, gingen wir in die Schule, um ein paar Guppys aus dem Aquarium zu klauen. Denn der Harald bekam zum Geburtstag ein solches mit einer lebendigen Schildkröte, die auch als Flohersatz junge Guppys frisst. Wir fragten die Aquariumsverantwortlichen Betty Schlauch und Uta Laken aus der 9. Klasse, ob sie einverstanden sind. Sie antworteten ja und sagten, dass sie sich gern vermehren, und sie wollten nichts gesehen haben, wenn wir uns an ihnen vergreifen. Guppys sind mehr als genug da.

Wie wir die Schule betraten, hörten wir schon den Lärm aus der 10. Klasse. Wir sagten uns, man muss einmal nachsehen, was dort los ist. Es war eine ganz schöne Schaffe im Gang. Ein Tonband spielte, und die Mädchen und Jungen tanzten wie verrückt. Sie verrenkten sich und schmissen sich hin und her und schlenkerten mit ihren Armen und Füßen, und manche machten dabei ziemlich blöde Gesichter.

Als wir in der Tür stehen blieben, kam Old Schätterhänd angezuckelt und rief uns zu, wir sollen verduften. Dabei merkten wir, dass eigentlich nicht wir, sondern er selbst verduften müsste. Er duftete nämlich nach Schnaps. Außerdem kam gerade der Speckmann an und fragte Old Schätterhänd und seine Tanzdame Zimmerlinde, ob sie einen Schluck Selters haben wollen. Danach dufteten sie noch stärker.

Von den Lehrern war auch keiner dabei, und der Herr Hausmeister Schröther muss an jedem Mittwochnachmittag sowieso zur Hundesparte. Er besitzt eine Bulldogge, und der Herr Schröther gehört sogar zum Vorstand. Er hat im Gegensatz zu anderen Hunden eine plattgequetschte Schnauze und eine saftige Nase, und die meiste Zeit liegt er faul im Zwinger rum. Manchmal geben wir ihm nicht aufgegessene Stullen, die er lieber frisst als die Schulspeisungsreste. Damit das Faultier nicht zu fett wird, nimmt ihn der Herr Hausmeister Schröther zur Sparte mit, wo er für die Qualifizierung verantwortlich ist und sich deshalb vom Herrn Direktor Keiler Referate zum Vorlesen ausborgt. Das wusste der Old Schätterhänd nebst Konsorten, darum trank er Schnaps. Wo keine Aufsicht ist, kann man auch mal einen heben.

Ich sagte zum Harald, mit Besoffenen soll man sich nicht einlassen. Wir holen erst die Guppys aus der 9., und nachher können wir ja noch einmal gucken.

Unser Einmachglas war bald voller Fischlein. Wir erwischten sogar ein paar schwangere Guppyfrauen. Ich sagte zum Harald: „Wenn sich deine Schildkröte hier dranhängt, braucht sie bloß das Maul aufzumachen und zuzuschnappen, sobald die jungen Guppys hinten rauskommen." Der Harald versprach, das zu tun.

Wie wir dann in den Flur kamen, sahen wir den schwankenden Old Schätterhänd, und es passierte genau vor der Tür zum Waschraum. Der Harald sprach als Freundschaftsratsmitglied: „Das ist also unser Vorbild!" Und als Mensch fügte er hinzu: „Altes Schwein." Aber der Old Schätterhänd war so fertig, und er taumelte in den Waschraum, wo er am Ausguss hängen blieb. Weil ich ein Mitleid mit ihm hatte, holte ich schnell aus unserer Klasse mei-

nen Milchbecher und tat Wasser nebst Einlage hinein. Ich sagte: „Old Schätterhänd, trink diesen Becher mit frischem Wasser, das hilft. Mein Vater macht das auch immer, wenn er eine Prämie bekommt."

Der Old Schätterhänd sah mich dankbar an und trank mit einem langen Schluck alles aus. Ich tröstete meinen Freund Harald und sprach: „Wir haben noch genug Guppys in unserem Glas. Hauptsache, Old Schätterhänd hat wieder was Festes im Bauch."

Als er wieder ein bisschen zu sich kam, sagten wir zu Old Schätterhänd, es wäre besser, wenn er gleich alles sauber macht, bevor die anderen was merken, und wir bringen ihn auch nach Hause. Er war jetzt noch dankbarer und tat alles, und wie wir ihn abschleppten, meinte er, er hätte nicht gedacht, dass wir solche Kumpel sind, und wir sollten ihn nicht verpetzen. Das versprachen wir.

Unterwegs war ihm noch einmal schlecht geworden, vielleicht weil die Guppys rumorten. Wir gaben ihm noch einen Schluck Wasser aus unserem Einmachglas, und Old Schätterhänd gestand, es hat ihn ganz schön erwischt, und er sieht schon Fische. Ich antwortete: „So was gibt's. Der eine sieht weiße Mäuse und der andere Fische. Das kommt auf den Zustand an." Mein Freund Harald musste vor Lachen schnell mal austreten gehen.

Als wir den Old Schätterhänd zu Hause abgeliefert hatten, sagte seine keifende Mutter ebenfalls, er ist ein Schwein, und zu uns: „Ihr sollt euch was schämen. Morgen geh ich zum Herrn Direktor. Das ist die Jugend von heute!" Wir hätten ja das Unglück aufklären können, aber wir haben versprochen, nicht zu petzen. Ich dachte, die Frau ist mit ihrem Sohn sowieso genug bestraft, und wir schmissen Old Schätterhänd aufs Schäßlong, wo er gleich einschlief. Wir hauten ab und taten die übrig gebliebenen Guppys in Haralds Aquarium. Es waren noch genug.

Am nächsten Tag mussten wir nach der zweiten Pause zum Herrn Direktor Keiler kommen. Dort saß Old Schätterhänds Mutter und sah uns giftig an. Der Herr Keiler fragte, was wir mit Old Schätterhänd gemacht haben. Er ist zu Hause und kann nicht zur Schule kommen. Wir antworteten wahrheitsliebend, dass dem Old Schätterhänd schlecht war und wir ihn deshalb nach Hause gebracht haben. „Vielleicht hat er eine Fischvergiftung." Aber die Mutter von Old Schätterhänd schrie, bei ihr gab es keine Fische. Ihr Sohn war bloß besoffen, und wir sollen ihn angestiftet haben. Der Herr Keiler antwortete der Frau Old Schätterhänd, sie möchte bitte nicht unterbrechen, es wird alles untersucht. Und wir sollen endlich sagen, was wirklich war. Wir sagten nur noch, dass die Zehnte einen Tanzabend hatte, und es kann auch sein, dass davon Old Schätterhänd ganz meschugge wurde. So was gibt's.

Aber die Mutter schrie wieder dazwischen, wie gut sie mich kennt, und ihr Sohn nennt mich auch immer eine Laus, und ich soll nichts wie Dummheiten im Kopf haben. Ich antwortete: „Es kann schon sein, dass es den Old Schätterhänd juckt, wenn er mich sieht. Aber ich bin keine Laus, sondern ein Pionier, und als solcher lasse ich mir diese Beschimpfung nicht gefallen."

Der Herr Direktor unterbrach jetzt wieder und sprach streng zu Frau Old Schätterhänd, sie möchte nicht mehr dazwischenreden. Der Domma ist zwar ein Früchtchen, aber kein schlechtes, und es wird sich alles klären. Da ging die Mutter dahin.

Der Herr Direktor Keiler fragte noch einmal, was war, aber wir hielten unser Versprechen und wollten nicht petzen. Der Herr Keiler sah uns ziemlich tief an, besonders mich, doch weil wir schon ganz gut geübt sind und nicht gleich mit den Augen flattern, ging diese Prüfung auch vorbei.

Er entließ uns und rief den Herrn Luschmil vom Schulhof zu sich. Als der Herr Luschmil wieder rauskam, blickte auch er mich tief an und versprach, er wird schon noch dahinterkommen, dann könnten wir uns auf was gefasst machen.

Ich dachte mir: „So ist das Leben." Die Kleinen und Jüngeren sind immer schuld. Und ich kann nicht glauben, dass sich der Herr Luschmil einmal ändert, sonst hätte er nicht uns, sondern seine zehnte Klasse tief angesehen. Aber dort sieht er meistens darüber weg. Denn es ist bei anderen Schülern leichter zu sagen, wie sie sich verändern müssen, als bei den eigenen. Das ist vielleicht ein Klassenlehrergesetz.

Auch unser Herr Burschelmann macht sich nicht immer gegen solche Machenschaften stark genug, und es wäre schön, wenn das Fräulein Heidenröslein bald wiederkäme. Sie hätte uns davor beschützt.

Das 15. Kapitel

bringt uns endlich das Fräulein Heidenröslein wieder, macht den Herrn Kurz neidisch und den Herrn Burschelmann zu einem Handredner.

Am nächsten Tag kam der Old Schätterhänd wieder und gleich zu mir. Er sah ziemlich blass aus und legte mir sogar wie einem Freund die Flossen auf die Schultern. Ich sagte, das kann er bei der Zimmerlinde machen, und er braucht sich bei mir nicht anzuschmieren. Da ließ er es sein und fragte, ob ich auch nichts verraten habe. Ich antwortete, dass ich so was nicht tue, bloß seine Mutter ist eine alte Petze und nannte mich eine Laus. Diesen Ausdruck hörte sie von ihrem besoffenen Sohn.

Old Schätterhänd antwortete, er hat bloß einen kleinen Schluck getrunken, und wenn ich nichts von dem anderen gesagt habe, ist es gut.

Aber damit war ich auch nicht einverstanden und erwiderte: „Wenn du kein elender Feigling bist, dann gehst du zum Herrn Direktor Keiler und sagst ihm, was los war. Du kannst auch zu deinem Herrn Luschmil gehen oder eine Selbstverpflichtung übernehmen, indem du versprichst, nie mehr in der Schule Wodka zu trinken.“

Old Schätterhänd zeigte mir einen Vogel, und ich rief ihm nach, er ist doch ein Feigling. Eigentlich ist das ja seine Sache, aber wir werden sehen, ob er das Delikt zugibt, auch wenn er hinterher seine Indizien wieder weggewischt hat.

An diesem Tag gab es aber auch ein freudiges Wiedersehen. Nach der ersten Stunde guckte der lange Schücht auf den Flur und schrie: „Unser Fräulein Heidenröslein ist wieder da!“

Wir rannten gleich alle hinaus und sahen, wie der Herr Kurz ihr Gesicht tätscheln wollte. Aber zur richtigen Ausführung kam es nicht, weil wir das Fräulein Heidenröslein fast umwarfen. Wir schrien durcheinander und wollten wissen, ob sie jetzt wieder Deutsch bei uns hat. Sie lachte und rief ja, ja, aber erst nächste Woche, und der Herr Kurz lachte auch, aber mit einem sauren Gesicht, und wir sahen ihm an, wie er sich über unsere Frage ärgerte. Darum ging er weg, und unser Herr Burschelmann kam angeschnauft. Er ließ einen kurzen Brüller los und jagte uns in die Klasse. Weil wir uns so freuten, drückte ich im Gedränge auch mal die Jule, aber nur so, nicht wie manche denken.

In der Klasse rief die dicke Mia, dafür spendiert sie nach der Schule ein Eis. Die Bärbel Patzig meinte zu mir, jetzt haben wir endlich auch wieder Musik. Ich wollte sagen, dass Singen nicht das Allerwichtigste auf der Welt ist, unterließ es aber, um der Bärbel Patzig auch mal eine Freude anzutun, indem ich antwortete: „Du mit deiner schönen Stimme kannst gut reden, aber meine klingt ja doch wie eine Dreckschippe." Die Bärbel bekam eine rötliche Gesichtshaut, auch nahm sie ihren Zopf vor den Mund und sprach: „Dafür bist du besser in Mathematik." Ich dachte, wenn sie nicht so eine ekelhaft brave Erzieherin wäre, könnte man mit ihr auskommen, und sie sieht gar nicht so schlecht aus. Auch macht die Freude einig.

Wir guckten noch einmal zur Tür hinaus und sahen, wie sich der Herr Burschelmann mit dem Fräulein Heidenröslein unterhielt. Er wechselte öfter sein kräftiges Antlitz, und an seinen Händen konnte man erkennen, wie er sich ärgerte oder freute. Er tippte mit seinem schweren Finger vor Fräulein Heidenrösleins Brust herum, dann zeigte er mit der flachen Hand, wo er sich den Hals abschneiden möchte, aber er hat sich's hinterher wohl wieder überlegt und zeigte mit seinem Daumen zu unserer Klasse. Zwischendurch holte er einmal seine kalte Pfeife raus und zielte wie mit einer Pistole an Fräulein Heidenröslein vorbei in Richtung Direktorzimmer. Nach dieser Waffenübung rieb er sich die Hände, zeigte mit Daumen und Zeigefinger einen unsichtbaren kleinen Gegenstand, so wie man vielleicht ein Ei hält.

Das Fräulein Heidenröslein war anfangs ernst, dann wieder froh. Sie nickte ein paarmal oder hielt sich die Wange fest, und zum Schluss zog sie eine richtige lustige Schnute, wobei sie Herrn Burschelmanns dicken Daumen drückte. Der grobe Herr Burschelmann öffnete sein Gebiss und gab dem zarten Fräulein Heidenröslein sogar einen Schlag auf den Oberarm. Damit hat der Herr Burschelmann seinen Bericht über die Klassen- und Schulsituation beendet.

Er reichte dem Fräulein Heidenröslein die Hand und kam auf uns
zu gestampft. Wir knallten vorsichtshalber die Tür zu.

Bei seinem Eintritt knurrte er „Na ja", und er hofft, dass wir uns
jetzt ebenso zur Tafel drängen wie vorhin an das Fräulein Heidenröslein: „Freiwillige vor!" Es meldeten sich fast alle, was noch nie da
war. Der Herr Burschelmann nahm trotzdem den langen Schücht
dran, der sich immer meldet, wenn er nichts weiß und seine Ruhe
haben will. Zum Schluss wurde uns der neue Stundenplan mitgeteilt

und die Warnung, auf die Gesundheit von Fräulein Heidenröslein Rücksicht zu nehmen und zu beweisen, dass wir nicht so sind, sondern ganz anders.

Am Nachmittag war ich mit der Jule und der Bärbel Patzig beim Benno Raschke. Er kann schon wieder gehen und sitzen und Schularbeiten machen, und ich berichtete ihm das Neueste, dazu die Warnung: „Wenn du auf Fräulein Heidenröslein keine Rücksicht nimmst, schmeiß ich dich die Treppe runter, und du kannst dann einen anderen Blödian suchen, der deinetwegen Sonderschichten für Mathe einlegt." Die Bärbel sah inzwischen seine Russischaufgaben nach, während die Jule ihm ein Diktat diktierte. Als wir mit ihm fertig waren und Zensuren erteilten, nämlich Mathematik 3, Russisch 4 und Diktat auch 4, wussten wir, dass wir einen schönen schweren Tag hinter uns haben.

Auch war der Abgang ziemlich komisch. Sonst wetzte ich immer vorneweg, und die Weiber gehen extra. Aber diesmal sprachen sie, wir können ja noch ein Stückchen zusammen gehen. Und so haben sie mich richtig eingequetscht und sich gegenseitig erzählt, welcher Flimmerkistenfilm im Kinderfernsehen ihnen am besten gefallen hat. Bloß ich wusste nicht, was man dazu sagen soll, und so ein Zustand war bei mir noch nie da.

Das kommt davon, wenn man sich gleich mit zwei Frauen auf einmal einlässt. Darum bleibe ich lieber Junggeselle wie mein Onkel Paul. Er ist Kraftfahrer und bloß mit seinem Auto verheiratet.

Das 16. Kapitel

erzählt, wie unser Pioniergruppenrat um eine richtige Entscheidung kämpft, nämlich um Seife, Parföng, Wurst, Buch oder um eine Blattpflanze.

Am schulfreien Sonntag klingelte es früh. Meine Mutter schrie dem Vater zu: „Jetzt kommt Besuch, und man muss sich schämen, wie du wieder rumläufst." Mein Vater lief aber ganz normal rum und hatte seine Sonntagsausrüstung an. Sie besteht aus einer alten Trainingshose und einem roten Turnhemd mit heraushängenden Brusthaaren. Auch rasiert er sich sonntags selten, und er begründet das wissenschaftlich, indem er lehrt: „Die Haut muss sich erholen."

Aber es war kein vornehmer Besuch, der es bei uns sowieso nicht lange ausgehalten hätte, sondern es war mein Freund Harald. Er musste sich erstmal setzen und eine Hausschlachtestulle mitessen. Die Wurst stammte von meiner Oma. Sie ist schon ein halbes Jahr bei meiner Tante Gertrud und meinem Onkel Klaus, der schon wieder Vater von einem Säugling geworden ist. Dieser schlachtet jedes Jahr ein Schwein, und die Oma denkt dabei auch an uns.

Es stellte sich aber heraus, dass der Harald nicht deswegen gekommen ist, sondern weil er mit mir etwas beraten wollte. Der Fakt lautet: „Sollen wir dem Fräulein Heidenröslein bei der Ankunft was schenken oder nicht?" Der Harald dachte an ein Stück Toilettenseife, und ich sagte, das geht. Damit wird sie nicht verwöhnt, und sie kann sich vorstellen, dass wir uns dabei etwas gedacht haben.

Aber dann wurde der Harald wieder unsicher und meinte: „Wenn ich es mir dialektisch überlege, ist das vielleicht gar nicht richtig. Beschenkungen gibt es nur zu besonderen Festen, zum Beispiel zum Lehrertag, zur Hochzeit, beim Kinderkriegen, zur Scheidung und bei einer Medaille. Und ich stelle mir die Frage als Freundschaftsratsmitglied."

Ich antwortete: „Wenn du das als dialektisches Freundschaftsratsmitglied siehst, kannst du vielleicht recht haben. Aber als Mensch kann ich trotzdem nichts gegen die Waschmittel im Rahmen des

Geschenkwesens einwenden. Sie gehören zur Säuberung des Körpers und tragen als solche zur Erhöhung der Hauptaufgabe bei der Entwicklung eines hohen Kultur- und Lebensniveaus bei, klassenmäßig gesehen."

Dies überzeugte den Harald, und wir beschlossen, auch die anderen Gruppenratsmitglieder zu befragen. Die Mutter rief mir nach, ich soll nicht zu spät zum Essen kommen, und der Harald befahl: „Mach schon hin." So gingen wir zur Gruppenratsvorsitzenden Wally. Dort hörten wir schon ein lautes Geschrei; denn die schwere Wally zog eines der kleinen Brüderchen an, was ihm nicht gefiel. Wallys Mutter sagte, ob wir uns nicht eine spätere Stunde aussuchen konnten, und sie hat jetzt Wäsche. Ich antwortete: „Das ist so. Morgenstunde hat Gold im Munde. Deshalb müssen wir jetzt etwas bereden, sonst kommt bloß Blech heraus." Da gab mir Wallys Mutter einen Klaps hintendrauf, aber nur aus Spaß.

Wir brachten erst einmal das Brüderchen zum Schweigen und besprachen danach den Fakt. Die Wally dachte gar nicht lange nach und rief: „Seife ist Quatsch!" Wir fragten, ob sie vielleicht was Besseres weiß. Sie sagte: „Dann schon lieber Parföng." Wir betitelten dieses Geschenk ebenfalls als Quatsch, und so viel Geld haben wir nicht. Die Wally meinte, es gibt auch billiges Parföng zu vier Mark, und der Harald sagte: „Ökonomisch gesehen geht das, aber Parföng ist ein bürgerliches Element. Am besten, wir gehen gleich mal um die Ecke zum Schweine-Sigi als unserem Verbündeten."

So gingen wir, und die Wally nahm zur Entlastung ihrer Mutter zwei Stück von ihren kleinen Brüderchen mit. Den Schweine-Sigi fanden wir nicht gleich. Seine schimpfende Mutter meinte, er ist bestimmt mit dem Vater im Genossenschaftsstall. Im Stall war er aber auch nicht, sondern auf der Verladerampe.

Als der Sigi den Fakt hörte, blies er erst einmal die vorderen Backen auf. Aber weil er das Fräulein Heidenröslein auch gut leiden kann, sprach er: „Seife und Parföng ist nicht. Die ganze Klasse wird danach riechen. Dann schon lieber Mist." Wir diskutierten noch ein bisschen, bis der Sigi einsah, dass man keinen Mist schenken kann. Mist hat für das Fräulein Heidenröslein keinen Nutzen, weil

es ein Mitglied der sozialistischen Geistlichenwelt oder auch Intelligenz genannt, ist. Und sie besitzt nicht einmal ein Gartenbeet. Nach mehrmaligem Aufblasen der Backen schlug Sigi vor: „Wir schenken ihr eine Wurst mit Bauchbinde." Das war auch nicht schlecht, und so zogen wir weiter zu Bärbel Patzig.

Der Vater von der Bärbel wusch seinen Trabant, und die Mutter streute Zucker. Auch bot sie uns ein Stück von dem frischen Obstkuchen an und rief die Bärbel. Sie kam von oben runter und sah aus wie eine Hexe, weil sie heute keinen Zopf hatte, sondern die Haare lang runterhängen ließ. Aber so schlecht sah es nicht aus, denn es gibt auch schöne Hexen. Als die Bärbel die Sache vernahm, hielt sie eine Weile den Kopf schief. Das ist ihre Denkstellung. Dann meinte sie aber: „Seife oder Parfööö oder Wurst? Ich weiß nicht. Vielleicht freut sie sich mehr über ein Gedichtbuch?"

Wir waren damit überhaupt nicht einverstanden und erwiderten: Dann schon lieber Konfekt. Das Fräulein Heidenröslein muss wenigstens vom Geschenk etwas spüren, wenn sie schon nichts riechen darf. Die schlaue Bärbel gab aber nicht auf und sprach: „Man muss einer Lehrerin geistige Kost geben, Konfekt macht dick." Der Schweine-Sigi entgegnete, es kann dem Fräulein Heidenröslein nicht schaden, wenn sie ein bisschen Speck auf die Rippen und Schenkel bekommt. Aber die schwere Wally fiel uns in den Rücken und gab der Bärbel recht. Ich sagte, wenn schon ein Buch, dann wenigstens einen Krimi, und der Harald schlug vor: „Weil wir uns nicht einigen können, müssen wir jetzt noch zur Juliana Bock gehen und dann abstimmen."

Wir waren zum ersten Mal bei Jule und hatten gleich Pech. Denn sie machte mit ihrem Vater eine Radtour, und die Mutter meinte, sie müssen doch bald zum Essen hier sein, und wir sollen so lange in Julchens Zimmer gehen. Eigentlich wollte ich nicht gern, weil ich dachte, da sieht man sowieso nur Puppen und so was. Aber dann schmiss es mich fast um. Und wir spielten ein bisschen. Die Bärbel mit einem großen Teddybär, die Wally mit einem jungen Kätzchen, der Harald mit einem Expander, der Schweine-Sigi setzte sich den Indianerschmuck auf, und ich schoss mit der Maschinenpistole aus Plast. Frau Bock brachte uns Saft und erklärte, diese Sachen hat sie von ihren drei Brüdern, die schon Soldat sind, und sie weiß nicht, was sie als Mutter dagegen machen soll, und das Kind ist eben so. Ich dachte, dann wird die Jule als Geschenk bestimmt einen Trommelrevolver vorschlagen.

Endlich kam sie und sah ganz verschwitzt aus. Auch der Vater. Er fragte, ob wir vielleicht eine Pionierversammlung machen wollen. Wenn das so ist, dann will er sich lieber zurückziehen, und die Mutter soll uns in Ruhe lassen. So konnten wir der Jule ohne Beisein der Elternteile unsere Vorschläge machen: Entweder Seife oder Parföng oder eine Wurst oder ein Buch, was meinst du?

Die Jule machte eine Falte zwischen den Sommersprossen. Eigentlich waren es jetzt schon Herbstsprossen, was aber für den Fakt nicht so wichtig ist. Ich war schon darauf gefasst, dass sie vielleicht für Fräulein Heidenröslein als Kopfschmuck einen Stahlhelm vorschlägt, aber dann sprach sie wie eine bürgerliche Frau: „Wir schenken ihr eine schöne Blattpflanze. Sie verblüht nicht, und wenn das Fräulein Heidenröslein sie gießt, denkt sie an uns und freut sich."

Es hat keinen Zweck weiter zu erzählen. Denn bei der Abstimmung fiel mein Freund Harald um, und so gewann die Mehrheit einen Blumentopf. Als wir uns verabschiedeten, sagte die Jule „Macht's gut!", die Bärbel „Tschühüüs!", der Schweine-Sigi „Mahlzeit", die Wally „Bis morgen!", ihre Brüderchen „Aua!", weil ich ihnen wohl die Hand zu fest gedrückt habe. Harald und ich riefen uns „Ahoi!" zu, und mein Vater begrüßte mich mit dem Satz: „Wo treibst du dich so lange rum? Deinetwegen sind die Kartoffeln fast kalt!" So hat jeder seine Eigenheiten. Und ich muss jetzt einmal überlegen, wie ich mit Jules Sachen spielen kann, ohne dass mich die Bärbel oder mein Freund Harald sieht.

Das 17. Kapitel

greift in unser schönes Familienleben hinein und schildert, wie ein Vater mit einer widerspenstigen Mutter doch noch fertig wird.

Eigentlich wollte ich an diesem schönen Sonntagnachmittag einmal die Gegend abfahren und ein Gelände für ein Pioniermanöver aussuchen. Wir haben nämlich mehrere: das „Manöver Schneeflocke", das „Manöver Knospensprung" im Frühling, das „Manöver Heuschnupfen" in den Sommerferien und jetzt das „Manöver Blätterfall". Wenn wir im Ferienheim unseres Patenbetriebes sind, machen zwischendurch die alten Reservisten mit uns auch noch eins. Sie freuen sich darauf sehr, bloß einen Namen haben wir dafür noch nicht gefunden. Vielleicht nennen wir es „Manöver Altersglück".

Gleich nach dem Essen holte ich meine Pionierstabskarte hervor, während meine Schwester Jana zur Toilette und mein Vater Geschirr abtrocknen musste. Meistens ist es umgekehrt. Aber es schadet nichts, wenn ein Vater auch mal ranmuss.

Durch die Tür hörte ich, wie die Mutter zum Vater sagte: „Wir beeilen uns und machen dann gleich einen Spaziergang. Das Wetter ist schön, und wer weiß, ob wir vor dem Winter noch einmal dazu kommen." Der Vater antwortete erfreut, er kann sich nichts Besseres denken; denn er ist den ganzen Tag in der frischen Luft, und er hätte gleich auf dem Bau bleiben können.

Die Mutter klirrte und entgegnete, sie sei zu wenig draußen, und wenn schon mal die Familie zusammen ist, möchte sie etwas von ihr haben. Wenn ich auch den Vater nicht sehen konnte, so merkte ich doch, wie er jetzt angestrengt nachdachte, um die Mutter davon abzuhalten. Nach einer Weile kam endlich sein schwerer Widerspruch. Er lautete: „Ich muss noch mein Fernstudiumpensum studieren. 40 Seiten, vielleicht noch mehr!"

Die Mutter kannte das Pensum auch und erwiderte geduldig: „Das weiß ich. Jeden Sonntag sitzt du in der Ecke und studierst. Wenn du aufgewacht bist, musst du erst Sport sehen, und nachts fängst du richtig an. Mehr als fünf Seiten schaffst du dann nie."

Aber so schnell gibt ein Studienvater nicht auf. Er schaltete den dritten Gang ein und rief schon etwas lauter: „Stimmt, weil ich müde bin. Der Mensch muss auch einmal schlafen, und du verlangst Spaziergänge!"

Vielleicht hat der Vater nicht damit gerechnet, dass es sogar widerspenstige Mütter gibt. Deshalb sprach sie mit Küchenlautstärke: „Du sollst nicht nachts spazieren gehen, sondern jetzt. Und wann bist du mal nicht müde! Sogar im Be..." Das andere hörte ich nicht genau, weil ihr der Vater den Mund zuhielt. Als sie wieder frei atmen konnte, rief sie: „Und so was nennt sich Studierter, der nicht weiß, was er seiner Familie schuldig ist."

Das hätte die Mutter nicht sagen dürfen; denn der Vater regt sich über manche Studierte öfter auf. Darum schaltete er sein Organ auf Küchen- und Zimmerlautstärke um und schrie: „Ich bin Baubrigadier und kein Studierter. Wenn ich studiere, dann nur wegen ... wegen ..."

So was kann passieren, dass einem das richtige Wort nicht gleich einfällt, sondern erst später, wenn der Krach vorbei ist. Aber die hilfreiche Mutter ergänzte: „... wegen der Blamasche. Damit dir die Lehrlinge nicht so schnell übern Kopf wachsen und ihrem Brigadier was vormachen."

Der Vater erinnerte sich jetzt, dass er auch Erzieher ist, und entgegnete in Begräbnislautstärke: „Schrei doch nicht so, die Kinder müssen nicht alles hören. Und ich komm ja schon mit, basta." So hat der stolze Vater seine widerspenstige Frau gezähmt, indem er sich sagte: Der Kluge gibt nach.

Er kam ins Wohnzimmer und fragte mich: „Was suchst du denn auf der Karte?" Ich erklärte es ihm. Und weil er ein Arbeiterkämpfer ist, setzte er gleich seinen Kampfgruppenblick auf und guckte mit mir die Karte an. Auch sagte er: „Dann hat der Spaziergang wenigstens einen Sinn, und ich werde dir ein paar Tipps geben." Das war kein schlechter Gedanke, deshalb zogen wir uns schon langsam um. Die Mutter und meine Schwester taten das auch, nämlich im Schlafzimmer, wogegen wir unsere alten Klamotten aus dem Flurschrank holten. Als die Frauen rauskamen, waren sie sehr schön geschmückt, und meine Mutter roch sogar nach Parföng und zeigte ein freudiges Lächeln. Sie fragte uns: „Wollt ihr euch nicht umziehen?"

Mein Vater antwortete, er braucht nur noch die Joppe überzuziehen und seinen alten Schlapphut. Da lächelte die Mutter nicht mehr, sondern sprach streng: „Du glaubst doch nicht, dass ich am Sonntag so mit dir durch den Ort gehe: geflickte Cordhose, Stiefel, die Jauchejoppe und Schlapphut." Ich wollte gerade dem Vater beistehen, aber er gab mir einen Tritt, während meine Mutter zu mir sagte: „Und du konntest wohl auch keine älteren Hosen finden, dazu diese dreckigen Gummistiefel."

Der Vater wollte die Mutter beruhigen, aber sie rief: „Rühr mich nicht an!", und sie holte ein duftendes Taschentuch raus. Da wussten wir Bescheid, und so zog mich der stolze Vater ins Schlafzimmer und sagte: „Los, zieh dich schon um!" Auch hatte er seinen Kampfgruppenblick wieder abgelegt und einen traurigen Sonntagsblick aufgesetzt.

„Na ja", dachte ich, „mal sehen, wie der Vater die Stimmung wieder hinkriegt. Und vorsichtshalber will ich mich mit meiner Schwester gut vertragen und sie wie ein Kavalierist behandeln. So was sieht meine Mutter besonders gern.

Als wir fertig waren, sprach meine Mutter zum Vater noch nichts, nur bei mir zupfte sie rum und meinte, ein grüner Pullover und ein blauer Anorak, wie das aussieht! Aber jetzt geht sie los, und sie will nicht mehr warten.

Unterwegs fing ich an, mit rumliegenden Tannenzapfen zu fußballern. Sonst hat mein Vater ja nichts dagegen, und er macht so was auch mal ganz gern. Um sich bei der Mutter wieder einzuschmeicheln, rief er jetzt: „Hör endlich auf und geh anständig! So viele Schuhe kann man gar nicht bezahlen wie du zerbolzt!" Die Mutter meinte, es wird Zeit, dass der Vater das auch sieht, und der Vater war froh, die Mutter wieder zu hören, und er ging ein bisschen näher an sie ran.

Manchmal grüßten sie Leute oder auch umgekehrt, und wie wir bei Putzkes vorbeikamen, machte der Herr Putzke gerade sein neues Garagentor auf. Die Frau Putzke kam aufgetakelt daher gesegelt und schrie uns zu, ob wir einen Spaziergang machen. Der Vater antwor-

tete, das Wetter ist schön, und die Frau Putzke schrie zurück, deshalb wollen sie auch eine Autowanderung machen. Ich fragte, ob sie beim Wandern das Auto auf die Schultern nehmen. Aber meine Mutter hielt ihre riechende Hand auf meinen Mund und gab dem Vater einen Stucks, damit er weitergeht.

Nach dieser Berührung war der Frieden wieder hergestellt. Der Vater sagte zu meiner Mutter, er möchte bloß wissen, wo die das Geld und Material hernehmen. So viel verdient der Putzke auch nicht, und vom Eier- und Obstverkauf kann man sich doch nicht ein neues Haus, eine Garage und ein Schwimmbecken bauen. Und ein Motorboot haben sie auch. Meine Mutter antwortete, die Putzken hat nur Exquisitt, und die verstehen es eben. Der Vater wird es mit seiner Ehrlichkeit nicht dazu bringen.

Meine Mutter hat das mit der Ehrlichkeit aber nicht schlecht gemeint und den Vater gleich untergeärmelt und zu ihm gesagt: „Wenn man sich auch manchmal mit dir ärgern muss, aber so bist du mir doch lieber, auch wenn wir kein Auto haben." Der Vater war jetzt nicht mehr beleidigt, sondern froh, und er sagte, wir haben alles, was wir brauchen, und er wird im nächsten Sommerurlaub unser Häuschen neu verputzen und der KWV eine Fotografie davon schicken, damit sie weiß, was wir für sie tun, und wir wünschen den Angestellten auch für die nächsten Jahre Gesundheit und ewige Ruhe. Ich hab gleich vor Freude mit einem Flachschuss einen Stein auf die andere Seite geballert und zu meiner Schwester gesagt, wir rennen schon ein Stück voraus.

Als wir in den Rüdersberger Forst kamen, blieb mein Vater stehen und sprach zu mir: „Dort an diese Stelle muss man einen Beobachtungsposten hinsetzen. Da kann er alles übersehen, auch die Senke." Ich sagte, das ist gut, und meine Mutter wunderte sich, wieso.

Unterwegs riet mein Vater: „Durch den Wald geht man am besten mit einer Seitensicherung, also etwas weiter drin, wenn er nicht so dicht ist, damit man nicht überrascht wird." Die Mutter meinte, der Vater soll keinen Quatsch reden, die Straße ist schön trocken, und es geht sich gut.

Bei der Tannauer Brücke rief meine Mutter, wir sollen einmal gucken, wie schön das bunte Wäldchen dort aussieht, und mein Vater antwortete: „Hier muss man damit rechnen, dass die Brücke vermint ist." Weil aber meine Mutter noch einmal fragte, ob wir das schöne Laub sehen, sagten wir „Ojaa", und der Vater ergänzte: „Dorthin muss man einen Aufklärertrupp schicken."

Ich lief mit meiner Schwester wieder voraus, und wir versteckten uns. Ich sagte zur Jana, sie muss die weiße Schleife abnehmen und diese Stiele in ihren Zopf stecken. Sie tat es; weil es ihr auch Spaß machte.

Als die Elternteile an uns vorbeikamen, sprach meine Mutter gerade: „Es ist doch schön, wenn die beiden miteinander spielen und sich verstehen. Irgendwo müssen sie hier ja versteckt sein und uns erschrecken." Da sprangen wir raus mit Geschrei, meine Mutter bekam einen freudigen Schreck, und mein Vater meinte: „Bei einer Falle müssen alle Seiten gesichert sein, auch vorne und hinten." Die Mutter fragte, wovon er jetzt sprach, und der Vater wiederholte es: „Dass die Kinder sich so gut vertragen, ist schön, und so schlecht ist der Junge gar nicht." Dafür strich mir die Mutter übern Kopf.

Hinter der Schönfließer Mühle kehrten wir um, aber einen anderen Weg. An einer Stelle wurde er ziemlich schlammig. Meine Mutter fragte, wo der Vater sie hinführt, und er antwortete: „Hier verwendet man am besten Kettenfahrzeuge."

Auf einmal hat meine Mutter alles kapiert. Sie sprach traurig „Ach so" und wollte nicht mehr weitergehen. Aber mein Vater nahm sie wie eine Braut auf den Arm und ich meine Schwester huckepack. Wir trugen sie über den Schlamm, sie quietschten und lachten, und meine Mutter staunte, woher der Vater auf einmal so viel Kraft hat.

Kurz vor dem Dorf flüsterte ich meinem Vater zu: „Wir müssen jetzt die Mutter in ihrer schönen Stimmung erhalten. Am besten ist, wir gehen bei Speckmanns vorbei und zeigen ihr den neuen Bungalow und wertvollen Zaun. Ich frage dich dann laut, warum du uns nicht auch so was Schönes baust." Der Vater zwinkerte und freute sich schon auf die Antwort der Mutter.

So haben wir unsere militärische Aufgabe doch noch erfüllt.

Das 18. Kapitel

bringt Erlebnisse, die für Lustspiele oder Tragödien geeignet sind, je nachdem, wer mitspielt.

Manchmal ist es gar nicht so leicht, ein bewusster Pionier zu sein und immer die Wahrheit zu sagen, weil die Wahrheit nicht immer siegt, sondern die Schönheit. Ich möchte das an drei Beispielen nachweisen.

Das erste Beispiel ereignete sich als Lustspiel. Unser Fräulein Bella Kohl bekam einen Wartburg. Viele Jahre hat sie mit ihren abwechselnden Liebsten daran gespart, bis eines Tages ein Herr Reschisser vom Fernsehen das Fräulein Bella Kohl entdeckte und sich mit ihr linierte. Auf Deutsch heißt das: Er schwänzelte dauernd um sie herum, bis sie heraus hatte, wie viel Geld er verdient, und dann war sie mit seiner Freundschaft einverstanden. Ihr entsprang der Wartburg; denn der Reschisser kratzte alles zusammen, was er hatte. Unser Fräulein Bella Kohl machte die Fahrerlaubnis und bestieg das Geschenk. Eine Zeit lang ging es ganz gut, weil die Leute das wussten und nach Schulschluss ihre Kinder ins Haus riefen, und die Auto- und Traktorbesitzer parkten vorsichtshalber irgendwo.

Aber dann kam ein neuer ABV, er nennt sich Herr Polizeileutnant Dannberg, und er ist als solcher ziemlich scharf. Wenn es heißt, der Dannberg geht um, lassen wir Schüler unsere Fahrräder zu Hause und gehen zu Fuß. Auch viele Kraftfahrer sagen zu ihren Gattinnen, sie müssen sparen und fahren lieber mit der Rumpelstraßenbahn. Nur das Fräulein Bella Kohl hatte keinen Schiss und fuhr wieder drauflos, bis sie der Herr Dannberg stoppte. Er sprang geschickt zur Seite und rief: „Ihre Papiere bitte!" Das Fräulein Bella Kohl hängte ihren schönen Lockenkopf zum Fenster raus und fragte unschuldig: „Hab ich was falsch gemacht?" Aber sie wusste bestimmt, dass sie nicht unschuldig ist, sondern eine Sünderin, welche sich schon öfter beim Verkehr vergangen hat. Und so sprach der Herr Dannberg: „Erstens haben Sie das Stoppschild nicht beachtet, zweitens sind Sie zu schnell gefahren, drittens hätten Sie mich bald selbst überfahren, oder Ihre Bremsen sind nicht in Ordnung, und viertens möchte ich nicht Ihren Personalausweis, sondern Ihre Fahrerlaubnis sehen. Stellen Sie den Motor ab und steigen Sie bitte aus." Aber das Fräulein Bella Kohl zeigte bloß ihre schönen Beine und den Busen und sprach süß, wie streng der Herr Oberleutnant mit ihr ist, und sie sieht alles ein, und der Herr Hauptmann möchte bitte mal ein Stückchen mit ihr fahren und ausprobieren, ob ihre Bremsen in Ordnung sind. Das tat der Herr Dannberg, und sie unterhielten sich noch ein bisschen, und das Fräulein Bella Kohl schaute ihn gläubig an und schüttelte beim ABV ihre Locken aus. Der Herr Dannberg kroch wieder heraus und sprach: „Also dann auf Wiedersehen und gute Fahrt, und denken Sie bitte daran." Auch lachten sie sich zu.

Jetzt kommt das zweite Beispiel, es passiert bald danach und ist schon mehr ein Drama, dafür kürzer. Unser Herr Luschmil fuhr mit seinem Trabant nach Hause. Der Herr Dannberg hielt ihn an, und der Herr Luschmil musste seine Papiere zeigen, weil sein Nummernschild verdreckt war. Dann gab es ein Gespräch, und seit dieser Zeit kommt der Herr Luschmil nur an solchen Tagen mit dem Trabant zur Schule, wenn der ABV wegen Schulung und Besprechung zum Kreis muss, und das passiert oft. Auch wenn sich der Herr Luschmil eine Lockenperücke wie das Fräulein Bella Kohl aufsetzen würde, es hülfe ihm doch nichts, weil er nicht so süßlich lachen kann, sondern mehr giftig. Wenn der Herr Luschmil wieder mal ekelhaft zu uns ist, geben wir dem Herrn Dannberg einen Tipp, wo der Herr Luschmil langfährt.

Nun das letzte und gemeinste Beispiel, es ist eine Tragödie über einen wahrheitsliebenden und schwergeprüften Pionier. Sie geschah, als das Fräulein Heidenröslein wieder zu uns kam. Wir haben sie so empfangen, wie wir es ausgemacht haben. Jule und Bärbel kauften eine schöne Blattpflanze, und ich schrieb in Druckschrift „Willkommen!" an die Tafel. Alle freuten sich sehr, und auch das Fräulein Heidenröslein. Unsere Lieblingslehrerin hat sich bedankt und froh gelacht und auch einmal die Augen gewischt. Die Bärbel Patzig wischte gleich mit, und ich fragte, ob das Fräulein Heidenröslein jetzt immer an unserer Schule bleibt oder doch noch was anderes vorhat, sagen wir eine Heirat. Und wenn das Unglück nicht zu vermeiden ist, dann kann sie auch hier heiraten, und wir lassen sie nicht weg.

Das Fräulein Heidenröslein ist auf einmal ganz ernst geworden und sprach: „Ich muss euch etwas gestehen: Als das Unglück mit dem Benno Raschke passierte, hab ich wohl die Nerven verloren. Es wäre nicht passiert, wenn ich meinen Platz nicht verlassen hätte. Deshalb wollte ich weg von hier, und jetzt tut es mir leid, dass ich so was dachte. Ihr seht, auch Erwachsene denken manchmal dummes Zeug. Wollen wir es vergessen?"

Wir brüllten ja, und ich war mit dieser mutigen Erklärung ganz zufrieden. Deshalb meldete ich mich noch einmal und sprach: „Man muss diese Selbstkritik einsehen und ergänzen, nämlich von mir. Darum gestehe ich, dass ich vor ein paar Wochen gar keinen Bandwurm hatte und auch sonst nicht krank war, sondern drei Tage die Schule geschwänzt habe. Dem Herrn Burschelmann habe ich es schon zugegeben, und jetzt haben es alle gehört; und ich denke, wir wollen das auch vergessen."

Aber nach meiner Erklärung waren die Pioniere nicht so fröhlich wie bei Fräulein Heidenröslein. Und es lag sicherlich daran, weil ich nicht so schön bin. Im Gegenteil. Einige fingen gleich an zu schreien, was für ein elender Schwindler ich bin. Die dicke Mia krähte: „Und so was ist Gruppenrat!", der lange Schücht rief: „Da müssen wir eine Versammlung machen", Kumpel Wally sprach, das hätte sie nicht von mir gedacht, der Schweine-Sigi blies die Backen auf und zeigte mir einen Vogel, mein Freund Harald versteckte seinen Kopf, und die Sonja Zunder schrie: „Rausschmeißen, rausschmeißen!"

Ich hörte noch die Stimme von Fräulein Heidenröslein, als sie sagte: „Wenn er seinen Fehler einsieht, ist alles in Ordnung", aber die meisten ließen sich noch über mein Verbrechen aus. Bloß die Jule fasste unterm Tisch nach meiner Hand und drückte sie ein bisschen. Ich hielt sie fest; denn es heißt: Wenn ein Mensch in Schwierigkeiten oder in schlechter Gesellschaft ist, braucht er einen Halt.

Das Fräulein Heidenröslein rief, alle können nicht durcheinanderreden, sondern die Bärbel Patzig meldete sich. Sie soll sprechen. Ich dachte, auch die noch, und jetzt wird sie bestimmt wieder mit schönen Pioniergesetzen auf mich einfließen. Darum drückte ich Jules Hand noch fester.

Aber dann habe ich doch gestaunt, wieso auf einmal die zarte Bärbel eine so kräftige Stimme bekam, und sie rief: „Ottokar ist kein Feigling, denn er hat seinen Fehler zugegeben. Und wenn er auch manchmal frech zu mir war, so muss man das anerkennen, und er hat sich schon den Mädchen gegenüber geändert. Deshalb brauchen wir keine Versammlung extra zu machen." Da ließ ich vor Staunen Jules Hand wieder los.

Der falsche Pillenheini lachte dreckig, und das Fräulein Heidenröslein meinte auch, es genügt, und wir wollen jetzt für den Rest der
Stunde noch ein bisschen wiederholen.

In der Pause sagte die Jule zur Bärbel, sie denkt auch so wie sie,
und ich fragte die Bärbel, ob sie mal von meiner Stulle abbeißen will.
Es ist echte Hausschlachteleberwurst drauf. Sie biss ab und die Jule
auch. Nach diesen gemeinsamen Bissen gingen wir auf den Schulhof.

Draußen steckte der Pillenheini mit dem Old Schätterhänd den
Kopf zusammen, und als sie uns rauskommen sahen, sagte der Old
Schätterhänd laut, dass alle lachen mussten: „Da kommt ja der Piepel
mit seiner geliebten Bärbel." Die Bärbel bekam einen roten Kopf,
und die Jule ist gleich weggerannt, und ich hatte eine mächtige Wut
und zog den Old Schätterhänd an seinen langen Zotteln, und wir
wälzten uns. Aber dann wurde ich hochgerissen, nämlich von Herrn
Luschmil. Er notierte mich und sagte, nach dem Unterricht soll ich
mich bei ihm melden. Und er hat gesehen, dass ich mit der Klopperei
angefangen habe.

Die Bärbel gab mir ihr sauberes Taschentuch zum Blutabwischen,
der Harald sprach: „Als Mensch warst du im Recht, aber als Pionier
sitzt du wieder ganz schön in der Tinte." Die Jule sah geradeaus und
fragte mich leise, ob ich mich für sie auch geprügelt hätte. Ich antwortete: „Warum nicht? Prügeln macht Spaß. Aber erst ist noch der
pionierlose Pillenheini dran, dieser Klassenverräter."

Das 19. Kapitel

ist so was wie ein Höhepunkt, von dem aus ich anfange, über mich, über Herrn Burschelmann und Herrn Luschmil etwas gründlicher nachzudenken.

Die anderen waren schon alle nach Hause gegangen, und ich musste wegen der Klopperei in der Klasse bleiben und im Auftrag des Herrn Luschmil einen Aufsatz schreiben. Das Thema lautete: Wie ich mich auf dem Schulhof zu benehmen habe. Danach sollte ich den Aufsatz im Lehrerzimmer vorzeigen.

In fünf Minuten war ich fast fertig. Der Aufsatz ging so: „In der Pause habe ich mich anständig zu benehmen. Man darf sich nicht prügeln und darf auch nicht wie wild herumrennen, sonder muss ruhig dahinschreiten. Brüllen ist auch nicht gestattet, ebenso gehört es sich nicht, Papierchen und Kippen wegzuschmeißen, und den Ordnungsschülern wie Old Schätterhänd, Speckmann Willi und anderen sollen wir …"

Als ich daran dachte, was wir sollen, bekam ich eine Wut und schrieb unter den Aufsatz: „So ein blöder Luschmilquatsch!" Eher wollte ich mir einen Zahn ziehen lassen, statt etwas zu schreiben, was ich nicht ehrlich denke.

Wie ich gerade den Zettel aus dem Heft herausriss, kam der Herr Burschelmann ins Klassenzimmer und suchte im Schrank nach einem Buch. Erst tat er, als wenn er mich nicht sieht und nicht kennt, doch dann hielt er es wohl nicht mehr länger aus und sprach von hinten in den Schrank: „Brauchst gar nicht so zu schielen, ich weiß schon, was los war."

Ich legte den Aufsatzzettel zwischen ein anderes Heft und nahm mir vor, trotzdem nichts mehr zu schreiben. Der Herr Burschelmann bückte sich und redete aus dieser Stellung weiter: „Du denkst, mit Prügeln kannst du die Welt verbessern."

Ich dachte, eine schöne Welt, wo man einem Pionier gemeine Sachen an den Kopf knallt und dafür vielleicht noch Dankeschön sagen muss. Und so ein Schuft wie Old Schätterhänd ist Ordnungsschüler! Für diese Ungerechtigkeit geb ich keinen Groschen und keinen Aufsatz ab.

Der Herr Burschelmann wunderte sich gar nicht über mein leises Denken, sondern ging mit einem Buch zum Fenster und sprach gegen die Scheiben: „Wir haben uns früher ja auch geprügelt, mit Herrensöhnchen. Aus Notwehr prügelten wir uns, verstehst du? Aber das war eine ganz andere Zeit."

Jetzt bin ich schon ein bisschen neugieriger geworden und dachte mir, die Fäuste vom Herrn Burschelmann sind nicht von schlechten Eltern, und ich wartete darauf, dass er weitererzählt. Aber so ein erwachsener Mensch ist doch ziemlich vergesslich; denn der Herr Burschelmann sprang gleich in die neue Geschichte: „Nach dem Krieg hatte ich keine Angehörigen mehr und hab mich in einem Dorf einer kleinen FDJ-Gruppe angeschlossen. Wir richteten uns hinter der Schule im Geräteschuppen ein Heim ein, mauerten, setzten einen Ofen, weißten die Wände, einer hat einen Leuchter geschnitzt, und die Mädchen machten den Raum gemütlich, so gut es ging. Eines Morgens war die Tür aufgebrochen, im Raum alles durcheinander. Die Wände, Tische, Bänke und der Fußboden waren mit frischem Mist beworfen. An der Tür stand mit Kreide geschrieben: ‚So haust die FDJ.'"

Das war gemein, dachte ich.

Der Herr Burschelmann ging zum Schrank und redete weiter: „Wir wussten aber, wer es war. Ein paar Umsiedlerjungen, von Großbauernsöhnen angesteckt."

Ich hielt es nicht mehr aus und fragte freudig: „Haben Sie die Bengels verprügelt, ja?"

„War mein erster Gedanke. Aber dann dachte ich: arme Teufel. Für ein Butterbrot haben sie das gemacht. Wir ließen es jedenfalls sein und baten den jungen Lehrer, der aus Kriegsgefangenschaft gekommen war und gleich unterrichten musste, um Hilfe."

„Und der hat die Banditen verhauen?"

„Wirst lachen, hat er nicht. Er ging zum Bürgermeister und ließ vom Gemeindediener im Dorf bekanntgeben: Wer sehen will, wie die FDJ haust, soll sich heute Abend in der Schule versammeln. Fast

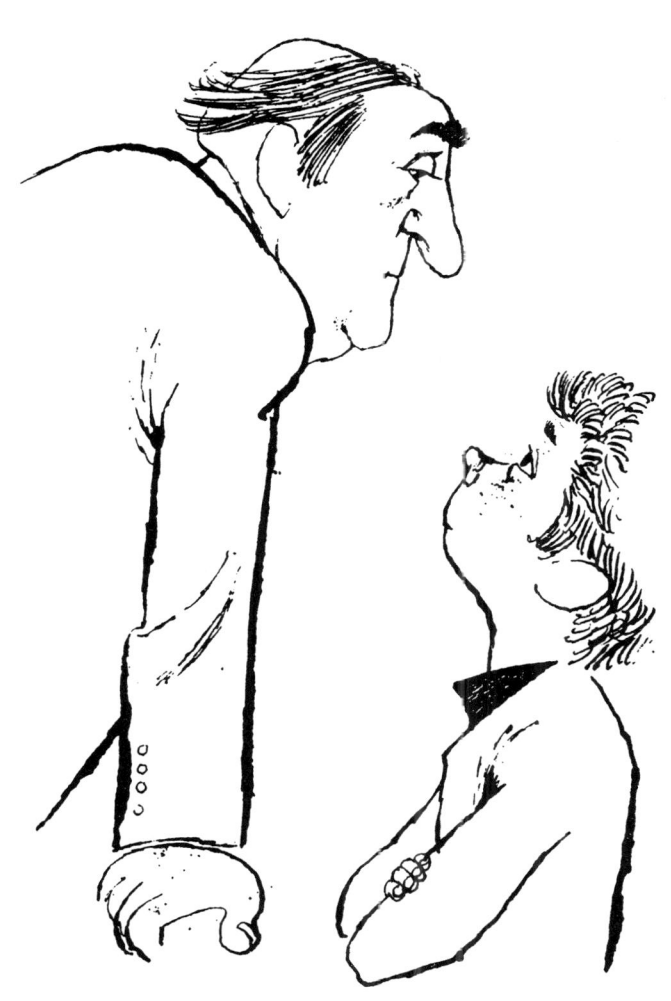

alle sind gekommen, schon aus Neugierde. Der Lehrer hat sie von der Schule schweigend zu unserem Heim geführt und nur drei Sätze gesagt, die ich nie vergessen werde: ‚Vorher war das ein halb verfallener Schuppen. Die FDJ hat in wochenlanger Arbeit ein Heim daraus gemacht. Letzte Nacht haben ein paar Dorfjungen es so verändert!' Mehr sagte er nicht. Die Leute sind stehen geblieben. Einige schämten sich, andere schimpften."

„Und die haben die Jungs dann verprügelt?"

Der Herr Burschelmann lachte und sagte: „Geredet haben sie zwar davon, doch dann haben einige Väter mit uns das Heim wieder saubergemacht."

Der Herr Burschelmann putzte seine Brille und kam zu meinem Platz. Er lockte mit seinem schweren Zeigefinger und knurrte: „Zeig schon her, deinen Aufsatz. Ich kann mir sowieso denken, was du geschrieben hast." Er las ihn und gab mir den Zettel wie ein ekliges Stück zurück, indem er sagte: „Nicht einmal zum Hintern … na, du weißt schon, was ich meine."

Am Lehrertisch schloss er sein Fach auf. Er wühlte darin und erzählte weiter: „Vor einigen Jahren, ich war selbst schon Lehrer, sah ich den Kollegen von damals wieder. Er hatte Unglück in seinem Leben. Ein wildgewordener Schüler hatte seine Frau, sie erwartete ein Kind, auf dem Schulhof zu Fall gebracht. Ärztliche Hilfe kam zu spät. Die Frau lebt zwar, doch ein Kind kann sie nie mehr bekommen, vorbei. Aber wozu erzähl ich dir das? Prügelt euch nur weiter, ihr Dösköppe, noch ist ja nichts Schlimmes passiert. Und der Treppenrutscher Benno Raschke ist auch wieder zusammengeleimt, da war ja sowieso die Aufsichtslehrerin schuld, oder nicht?"

Der Herr Burschelmann hat ein paar Bücher in die Tasche gepackt und ist grimmig zur Tür gegangen, wobei er noch sagte: „Falls es dich dennoch interessiert: Der Lehrer, von dem ich die ganze Zeit erzähle, ist euer Herr Luschmil." Draußen war er, der Herr Burschelmann. Aber er steckte noch einmal den Kopf zur Tür rein und rief mir zu: „Hau schon ab, du Lorbass, mit Herrn Luschmil habe ich geredet."

Ich haute aber noch nicht gleich ab, weil ich jetzt lieber allein sein wollte. Auch zerknüllte ich meinen Aufsatz und dachte, es ist besser, wenn wir unsere Streitigkeiten selber regeln und nicht von den Lehrern regeln lassen, vielleicht geht es auch ohne Prügeln, und wir müssen uns was ausdenken. Man könnte ja für die große Wandzeitung im Flur einen gepfefferten Artikel schreiben. Auch müsste es darin nicht so sehr um die Verbesserung der Welt gehen, sondern um die Schule und um Old Schätterhänd nebst Konsorten und um uns überhaupt.

Als ich unten am Lehrerzimmer vorbeischlich, juckte es, und ich guckte schnell mal durchs Schlüsselloch. Dahinter sah ich Herrn Luschmil und Frau Seidenschnur sitzen. Sie korrigierten Hefte. Auf dem Hof stand Herrn Luschmils Trabant. Eigentlich wollte ich ihm ja die Luft ablassen, aber dann nahm ich mein Taschentuch und putzte ihm die dreckige Windschutzscheibe blank.

Das 20. Kapitel

eröffnet den Weg zur Besserung, wobei mein Vater wegen seiner Ausdrücke auch allerhand einstecken muss; aber er trägt es mit Widerstand und Würde.

Nach der Aufklärung über das Unglück Herrn Luschmils hab ich mir vorgenommen, etwas zu unternehmen. Ich schrieb schon den Entwurf eines Wandzeitungsartikels, in welchem ich eine Besserungsaktion ausrufen wollte. Der Entwurf gelang, nur habe ich den Fehler gemacht, den Artikel in ein Heft zu legen. Ich vergaß, das Heft in die Mappe zu tun. Meine Mutter fand es, und damit auch den Entwurf. Sie schrie ein paarmal: „Du lieber Gott!" Nach solchen Ausrufen erscheint meistens mein Vater, um zu hören, was die Mutter von ihm will.

Sie schob ihm das Blatt zu, und ich tat, als hätte ich nichts gehört, und las ein Gedicht in der Jungen Welt. Diese Zeitung hält sich mein alter Vater, damit er in seiner Baubrigade lernt, mit Jugendlichen jugendlicher zu diskutieren. Der Vater las meinen Entwurf und grinste und kratzte sich, und die Mutter sagte zu ihm: „Ich möchte nur wissen, was es da zu lachen gibt. Das sind genau deine Ausdrücke."

Ich dachte, die Elternteile können gar nicht verstehen, was ich meine, weil sie die Zusammenhänge nicht kennen. Die Mutter zeigte auf eine Stelle im Entwurf, und der Vater fragte unschuldig: „Wieso? Ich drücke mich feiner aus. Und wenn ich schon mal so was gesagt habe, dann höchstens: Er macht aus einem Pup einen Donnerschlag. Hier steht aber was anderes."

Die Mutter verdrehte jetzt die Augen, und ich sprach das Zeitungsgedicht leise vor mich hin. Da entdeckte der Vater noch einen Ausdrucksunterschied: „Oder habt ihr von mir vielleicht schon so was gehört? Wenn, dann sage ich nur: Alles ist im Eimer. Hier steht aber …"

Während ich das blöde Gedicht aus der Zeitung bald auswendig konnte, tippte meine Mutter auf eine andere Stelle des Aufrufs und nickte dem Vater mit schmalem Mund zu. Dieser wackelte mit dem

Kopf hin und her und sprach: „Na ja, manchmal rutscht einem eben so ein Wort raus, aber bitte, nicht wenn die Kinder dabei sind! Da halte ich mich zurück und sage vielleicht Schei..., na eben Scheibenhonig. Ist doch was Gutes. Haben wir als Kinder gern gegessen. Setz du ihnen heute mal Kunsthonig in Scheiben vor, möchte nicht wissen ..." Aber die Mutter sagte, er soll nicht ablenken, und ein bisschen Schuld hat sie auch, wenn sie zulässt, dass ich mir allerhand Fernsehspiele ansehe. Dort schmeißen die Brigadehelden usw. auch mit solchen Ausdrücken rum.

Mir war so, als wenn ich irgendetwas tun müsste, und ich fing an, das blöde Gedicht aus der Zeitung auszuschneiden. Vielleicht kann uns das Fräulein Heidenröslein das Gedicht erklären. Aber da schlug der Vater mit der Faust auf den Tisch und rief: „Wenn der Bengel schon Fremdwörter schreibt, dann wenigstens die passenden. Ich kann doch wohl noch protestieren von prosti... unterscheiden." Die Mutter unterbrach den Vater und entgegnete, er soll ganz ruhig sein. „Erst neulich hast du laut gesagt, ihr habt heute bei der Bauleitung prosti... na eben das. Und als dich der Junge fragte, was das heißt, hast du ihm erklärt: Das heißt zu Deutsch, sich beschweren. Und jetzt wunderst du dich, dass er das falsche Wort benutzt!"

Der Vater kratzte sich immer öfter, und ich war froh, dass wenigstens die Mutter langsam die Zusammenhänge mitkriegte. Sie rief mich und fragte, was das soll? Auch hatte sie auf der Stirn zwei Falten, nämlich von der Nasenwurzel an aufwärts, was meistens nichts Gutes bedeutet. Ich antwortete wahrheitsliebend, das ist ein Entwurf für die Schulwandzeitung. Aber ich muss die Kritik noch einmal in Schönschrift abschreiben. Das ist bloß so hingekliert.

Die Mutter schaute den Vater an, und dieser versuchte auch eine steile Falte, aber es gelang ihm nicht richtig, weil in seinem Gesicht dauernd etwas dazwischen zuckte. Dafür sprach er mit strengem Befehl: „Das wirst du nicht tun! So was kann man nicht an die Wandzeitung hängen."

Meine Mutter erwiderte, mit Schreien kann man ein Kind auch nicht bessern, und ich soll sagen, ob ich mich nicht schäme, solche Ausdrücke zu verwenden. Ich antwortete, wenn der Vater mitmacht, ist es nicht mehr so schlimm. Zu zweit schämt es sich leichter. Und ich kann ja einige Sätze auch anders schreiben, nicht mit den Ausdrücken vom Vater.

Der Vater rief, wo er sich hier befindet – unter Pastorentöchtern oder wo? Ich sagte, er befindet sich in der Familie des Brigadiers Domma, und ich muss mich wundern, wieso er auf einmal denkt, wir sind Pastorentöchter, und bei mir trifft das schon gar nicht zu, biologisch gesehen.

Die Mutter gab mir einen Klaps auf mein schönes Haupt und sprach, ich soll den Mund halten und ihr endlich sagen, ob ich mich schäme. Weil ich aber den Befehl bekam, den Mund zu halten, konnte ich es der Mutter nicht sagen, bis ich wieder die Redeerlaubnis bekam. Ich antwortete dann: „Man muss doch nicht gleich aus jedem … na ja, sagen wir aus jeder Blähung einen Donnerschlag machen. Und ich werde den Entwurf noch einmal neu entwerfen."

Die Mutter sah wieder den Vater bedeutend an, und dieser nickte grimmig und wiederholte: „So was kann man überhaupt nicht schreiben, das muss man ganz anders machen. Hol ein leeres Blatt her, ich werde dir helfen." Die Mutter war damit einverstanden, und ich schrieb jetzt auf, was mir der Vater diktierte.

Der Vater meinte, am Anfang muss man gleich sagen, was man will. Vielleicht so: „Kritik ist ein Entwicklungsgesetz. Hast du das?" Ich hatte es.

„Weiter: Mit Kritik überwinden wir das Faule und Parasitäre. Hast du?" Ich fragte, was das ist, das Parasitäre. Der Vater antwortete: „Das ist eben das Faule." Ich sagte aha, dann müssen wir eben das Doppeltfaule oder auch Oberfaule bekämpfen? Der Vater meinte, ich soll nicht blödeln und statt parasitär einfach Kinderkrankheiten schreiben. Ich dachte, da bin ich aber gespannt, ob das hilft. Wenn ich morgen wieder zum kranken Benno Raschke gehe und ihn kritisiere, dann werd ich ja sehen, ob er davon gleich gesund wird. Aber der Vater diktierte schon wieder weiter: „Wir unterscheiden zwischen Querulantentum und gesunder konstruktiver Kritik. Gesunde Kritik ist fördernd." Hier musste ich dem Vater fast recht geben. Wenn zum Beispiel unser gesunder Herr Burschel-

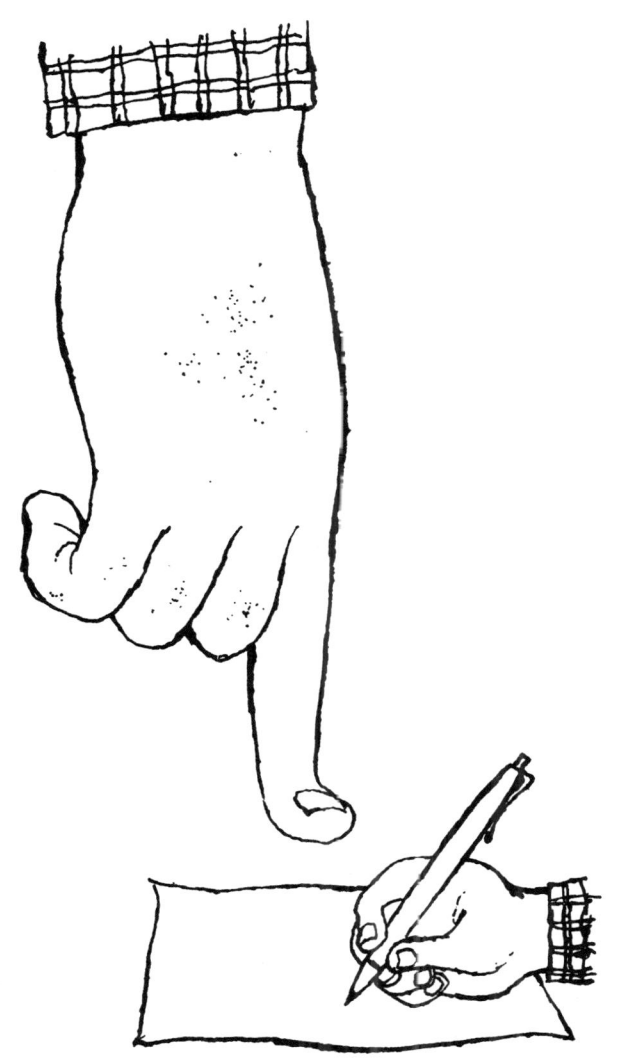

mann jemanden kritisiert, werden alle munter. Wenn dagegen unser Herr Kurz plötzlich wieder einmal zu Hause bleiben muss, dann hat ihn vielleicht der Herr Direktor Keiler oder ein anderer Querulant kritisiert. In diesem Falle ist die Kritik krankheitsfördernd und ohne Konstruktur. Aber der gelehrte Vater ließ mich nicht in Ruhe weiterdenken, sondern diktierte: „Jetzt schreibst du: Auch an unserer Schule ist einiges faul." Hier staunte ich, wie mein Vater Bescheid weiß. Das stimmt. Der lange Schücht zum Beispiel, der könnte viel besser sein, wenn er nicht so faul wäre. Man kann ja einmal versuchen, ob bei ihm eine strukturvolle Gesundheitskritik hilft.

„Weiter", schrie der Vater und ging schon auf und ab: „Wer nicht Ordnung und Disziplin hält, wird es im Leben zu nichts bringen." Ich schrieb es, und meine Mutter sagte, das ist sehr wichtig. Der Vater griff den Muttergedanken gleich auf und spann weiter: „Nur so erreicht man eine hohe Lernbereitschaft und das Ziel der Losung: Mitplanen, mitarbeiten, mitregieren."

Als ich das geschrieben hatte, fragte ich, ob das auch für die faule Mia gilt. Sie hat doch bloß einen Modefimmel und die Fresssucht und will Chefköchin in einem Interhotel werden. Die Mutter verbesserte, es heißt Esslust, und der Vater lehrte: „Bei uns hat jede Köchin im Rucksack den Marschallstab." Aber der Vater sagte gleich, er hat sich jetzt versprochen, und ich soll das nicht schreiben. Er meint, auch die Köchin kann Minister werden.

Ich dachte: „Das kann ja sein, aber faul ist faul, und wenn die faule Mia Aussicht hat, einmal Verteidigungsminister und General zu werden, na dann prost Mahlzeit! Dann hau ich lieber ab, und zwar nach dem Osten. Zu unseren sowjetischen Freunden und Brüdern."

Meine Mutter half dem Vater, indem sie zu mir sprach: „Mit deinen blöden Fragen bringst du den Vater ganz aus dem Konzept. Man kann sich ja einmal versprechen, und jetzt hör hin!"

Ich hörte, wie der Vater weiterdiktierte: „Deshalb appelliere ich an alle Pioniere und FDJler unserer Schule, eine vorbildliche Disziplin und Ordnung zu halten und zur Schaffung einer hohen Lernbereitschaft in allen Klassen beizutragen. Hast du das?"

Der Vater verschnaufte erst einmal, und ich sagte, das war ein sehr schöner Satz, und er ist auch richtig. Bloß unser Herr Direktor Keiler wird sich darüber ärgern und denken, ich habe diese Rede von seinem letzten Appell abgeschrieben. Wir bekämpfen aber das Abschreiben; denn für einen würdigen Pionier ist das unehrlich, er soll lieber selber denken.

Meine Mutter hat jetzt ein weiches Antlitz bekommen und mich gelobt: „Das hast du fein gesagt mit der Ehrlichkeit." Und sie drückte mich sogar ein bisschen.

Da ist meinem Vater auch ein Licht aufgegangen. Er haute sich paarmal an den Kopf. Und als er locker genug war, lachte er und sprach: „Und ich Rhinozeros diktiere dem Bengel auch noch seinen Wandzeitungsartikel!"

Wir lachten jetzt alle. Der Vater gab mir meinen Entwurf zurück, ich zerriss ihn und sagte: „Schreiben ist sowieso Schei… Scheibenhonig, und ich werde mich lieber einmal zum Herrn Brettl einladen. Das ist nämlich der Parteisekretär, und es kann nicht schaden, wenn er des Volkes Meinung aus mir hört. Auch ist Reden leichter, und ich brauch dann diesen Aufsatz gar nicht erst zu schreiben."

Der Vater gab mir als Lob einen Boxer, und die Mutter ermahnte: „Aber mäßige dich in deinen Ausdrücken, ja?" Sie sah mich wieder gütig an, nur dem Vater schmiss sie noch einmal einen strengen Blick zu.

Das 21. Kapitel

erzieht zum stolzen Bewusstsein und zur Bewunderung unserer alten Lehrer und Jugendfreundveteranen, von denen jetzt allerhand Geschichten erzählt werden.

Als mein Vater einsah, dass seine Entwicklungshilfe mit dem Artikel für die Schulwandzeitung nichts taugt, ging ich beruhigt schlafen. Aber ich wälzte mich im Bett hin und her und wälzte zum Beispiel das Problem Luschmil. Ich dachte: „Eigentlich haben wir immer nur gesehen, wie er sich zu uns verhält, und noch nie, wie wir uns zum Herrn Luschmil verhalten. Da muss erst so ein alter Jugendfreund wie Herr Burschelmann des Wegs kommen und ein paar alte Geschichten vor sich her brummen, und schon denkt man anders darüber. Auch schien mir jetzt das Gesicht von Herrn Luschmil nicht mehr so verkniffen, sondern mehr bitterlich.

Wie ich am anderen Tage mit meinem Freund Harald zur Schule ging, erzählte ich ihm die Geschichte vom Jugendfreund Burschelmann und dem jungen Lehrer Luschmil. Nur habe ich die Geschichte etwas ausführlicher geschildert. „Vor vielen Jahren geschah es, dass der Jugendfreund Herr Burschelmann mit den anderen Jugendfreunden in einem Dorf ein Jugendheim ausgebaut hat. Vorher war es ein halb zerfallener Schuppen hinter der Dorfschule, aber als alles fertig war, hatten sie ein richtiges Heim. Es war richtig gemütlich dort, und weil es noch kein Fernsehen gab, spielten die Jugendfreunde Schach oder sangen oder machten Theater. Davon bekamen ein paar reiche Großbauernsöhne Wind, und weißt du, was sie sagten? Sie sprachen zu den armen Umsiedlerjungs: ‚Wir lassen den Fortschritt nicht zu, gehet hin und streut Mist. Dafür schenken wir euch ein Butterbrot!‘ Als das die armen Umsiedlerjungs hörten, lief ihnen das Wasser im Munde zusammen, und sie taten es; denn sie waren noch blöd und ausgebeutet.

Wie also der Jugendfreund, Herr Burschelmann, die elende Sauerei im Jugendheim sah, packte ihn eine große Wut. In diesem Augenblick sah er richtig gefährlich aus. Der Jugendfreund Burschelmann krempelte seine Ärmel hoch und ging durchs Dorf, um die Täter zu suchen. Die anderen Freunde kamen mit. Da sahen sie bei einem reichen Bauernhaus einen Großbauernsohn stehen und ein paar Söhne von Umsiedlern. Sie aßen gerade das gespendete Butterbrot. Der Herr Burschelmann und die anderen fortschrittlichen Jugendfreunde postierten sich vor ihnen auf, und der Jugendfreund, Herr Burschelmann, sprach ‚Aha!'. Und wie er das gesagt hat, nicht so einfach ‚aha', sondern gefährlich. Er streichelte seine Faust und kam immer näher. Da haute der Großbauernsohn mit einem Satz ab, weil er schon die Hosen voll hatte. Und jetzt passierte es. Der Jugendfreund Burschelmann schnappte sich den ersten Miststreuer am zitternden Schlawittchen, hielt ihn hoch und sprach: ‚Ihr gehört doch auch wie wir zur Dorfarmut, ihr Blödköppe, und darum schenk ich euch das Leben. Aber lasst euch nicht mehr erwischen!' Die Miststreuer dankten zitternd dem Jugendfreund Herrn Burschelmann für seine Milde und machten eine Mücke.

Wie die Jugendfreunde wieder zur Schule zurückkamen, trafen sie den jungen Herrn Lehrer Luschmil

und sagten, er möchte sich bitte in der Pause mal die Sauerei ansehen. Das geschah. Der junge Herr Luschmil knirschte mit den Zähnen und zählte erst bis zehn. Als er sich beruhigt hatte, sprach er: ‚Jugendfreunde, das ist eine Provokation. Aber wir lassen uns nicht provozieren; denn wir sind stark genug und prügeln nicht. Das machen wir anders.'

Der junge Herr Luschmil ging jetzt zum Herrn Bürgermeister, das war nämlich ein Genosse, und dieser erließ einen Aufruf zu einer Versammlung in der Schule. Alle kamen, weil sie neugierig waren, auch solche, die noch alte Muttermale hatten, wie schon der Genosse Lenin sagte. Der junge Herr Luschmil gebot Ruhe, ließ die Erwachsenen antreten und führte sie zu der Sauerei im selbstgebauten Jugendheim.

Was geschah? Der Herr Luschmil hielt eine Rede in drei Sätzen, und das reichte. Einige Leute versteckten sich, aber die fortschrittlichen riefen: ‚Nieder mit den Provokateuren!' Sie wollten sich schon die Bande kaufen, da schritt der Jugendfreund Herr Burschelmann ein, indem er rief, sie haben schon ihr Fett weg, und das Beste ist, wir machen erst mal alles wieder sauber. Und so kam es, dass die Provokateure von diesem Tag an einen großen Bogen machten, wenn der Herr Burschelmann als Jugendfreund auftauchte, und man muss sagen, dass wir den Herrn Luschmil bis heute auch ganz falsch eingeschätzt haben."

Mein Freund Harald sagte, das hätte er nicht gedacht, und wir müssen diese Geschichte allen erzählen. Das taten wir, nämlich in der großen Pause. Weil der Harald die Geschichte jetzt auch kannte, hat er sie mit mir zusammen erzählt, bloß manches hat er noch deutlicher gesehen als ich, und er schloss die Geschichte so: „Seit dieser Zeit trauten sich die Provokateure nicht mehr auf die Straße, wenn der Jugendfreund Herr Burschelmann mit dem jungen Lehrer, Herrn Luschmil, durchs Dorf ging. Alle Leute grüßten sie, sogar die mit Muttermalen."

Ich ergänzte: „Das war wenigstens noch eine abenteuerliche Zeit, und wir müssen dauernd mit sauberen Ohren, Händen und Brüsten rumlaufen und mit solchen elenden Bremsen wie Old Schätterhänd sogar zart umgehen. Aber ich sehe ein, dass man bei dem mit Prügeln doch nichts ändert, sondern er braucht mehr die kollektive Hilfe, entweder so oder so."

Alle waren von der Geschichte erstaunt, und die Bärbel Patzig drückte sich an mich ran und sagte, das ist auch besser als Prügeln. Und sie meinte, dass ich gut erzählen kann, und ich soll später ein Buch darüber schreiben. Ich antwortete, mal sehen, und hakelte meine Finger bei ihren ein, weil sie so dicht bei mir stand. Sie hatte nichts dagegen, und es merkte auch keiner. Aber da kam die Jule von der anderen Seite und sprach: „Old Schätterhänd schaffen wir auch noch, wenn wir zusammenhalten." Da hakelte ich mich mit der anderen Hand auch bei der Jule ein. Zum Glück hat es geklingelt, und wir gingen schnell auf unsere Plätze.

Der lange Schücht guckte zur Tür raus, ob der Herr Luschmil schon kommt. Als es soweit war, rief er nicht wie immer „Auweija!", sondern „Er kommt!". Als der Herr Luschmil in der Klassentür stand, guckte er und putzte sich die Brille und guckte wieder und sprach: „Das ist ja direkt unheimlich, diese Ruhe und Disziplin." Und am Schluss schätzte er ein: „So eine Stunde habe ich schon lange nicht mehr erlebt. Ich kenne euch nicht wieder." Das macht aber nichts. Dafür kannten wir den Herrn Luschmil jetzt besser als zuvor, und er braucht nicht mehr zu sagen: Ihr werdet mich schon noch kennenlernen!

Das 22. Kapitel

warnt vor der Beschäftigung mit modernen Gedichten und bringt das Fräulein Heidenröslein so weit, dass sie schreiend zur Tür hinausrennt.

Nach der anstrengenden Physikstunde bei Herrn Luschmil hatten wir nach dem Stundenplan Deutsch bei Fräulein Heidenröslein. Aber als die Bärbel Patzig in der Pause von ihr hörte, wir schreiben heute ein Diktat, war es mit der guten Stimmung vorbei. Einige sagten, man muss das Fräulein Heidenröslein auf andere Gedanken bringen, doch keiner wusste wie. Da fiel mir das Gedicht wieder ein, das ich gestern aus der Zeitung ausgeschnitten hatte, und weil ich wusste, dass das Fräulein Heidenröslein für ihr Leben gern Gedichte liest, nahm ich vor der Klassentür das Fräulein Heidenröslein beiseite, zeigte ihr das Zeitungsgedicht und sprach mit ihr sehr ernst, dass ich gern dahinterkommen möchte, was dieses Gedicht lehrt.

Zuerst hat das Fräulein Heidenröslein das Gedicht gelesen, danach sah es mich mit ihren schönen Augen komisch an. Weil ich aber ihren Blick aushielt, meinte sie, dass sie auf mich immer wieder reinfällt, und als Lehrerin kann sie ruhig mal eine Lyrikstunde dazwischenschieben. Und so kam es, dass unser Fräulein Heidenröslein das Gedicht vorlas. Es ging so:

> Labsal der Wurzeln,
> Rival der trockenen Winde,
> Sesam der dürstenden Erde,
> dein grauer Schleier
> verwandelt Baum und Haus
> in konturenlose Landschaft
> und die Straße,
> auf der ich nasswärts schreite,
> in ein endloses blasiges Band,
> das die Pneus der Limousinen
> schmatzend liebkost.

Fontänen spritzen mir
kühl ins Gesicht.
Ich aber lächle wissend:
Moleküle – H_2O.

Als sie damit fertig war, guckten wir uns alle erst einmal bedeppert
an. Das Fräulein Heidenröslein meinte, sie wird jetzt das Gedicht
mit dem Polylux an die Wand schmeißen, damit wir es vor uns
haben und wir leichter diskutieren können. Auch verdeckte sie die
Überschrift, weil es dann etwas schwerer ist, zu erraten, was uns der
Dichter sagen will.

Jetzt sind die Kinderteile in der Klasse lebendiger geworden; denn
Rätsel raten wir sehr gern. Zuerst schrien ein paar durcheinander.
Das Fräulein Heidenröslein sagte, wer hier rumschreit, kommt nicht
dran, sondern der stille Ottokar.

Ich sprach, dass dies ein ungereimtes Kunstwerk ist und darum
kein richtiges Gedicht. Meine besten Freunde antworteten, der Ottokar hat recht, aber das Fräulein Heidenröslein erwiderte, es gibt auch
ungereimte Gedichte, und sie sind jetzt modern. Auch möchten wir
bitte einmal versuchen, herauszukriegen, was der Dichter sagen will,
zum Beispiel könnten wir eine Überschrift für das Gedicht suchen.

Nun ging es los. Der Schweine-Sigi blies seine Backen auf und rief,
er nennt das Gedicht „Ein Traum". Denn hier träumt ein Mensch,
vielleicht von Wurzel und Winden, welche ihn quälen. Es kann auch
sein, dass er blasenkrank ist und Fieber hat und deshalb alles so
komisch durcheinanderredet.

Mein Freund Harald dachte so was Ähnliches und meinte, die
Überschrift könnte lauten: „Ein Gespenst", vielleicht der moderne
Erlkönig. Aber der Dichter hat sich wahrscheinlich verschrieben. Es
darf nicht heißen Pneus, sondern Boys. Sein Vater hatte auch einmal
so einen Kraftfahrerboy, der es ganz schön trieb, nämlich mit einer
anderen. Vielleicht hat der Dichter auch so ein schreckliches Erleb-
nis gehabt, und davon ist er ganz meschugge geworden. So was gibt's.

Auch der lange Schücht hat sich etwas bei dem Gedicht gedacht.
Dichten hängt vielleicht auch mit Denken zusammen, und wenn

man betrunken ist wie der alte Herr Josef, dann vertauscht man Wörter und Silben. Und der Herr Dichter wollte am Schluss seines Kunstwerkes wahrscheinlich sagen: Ich lächle und weiß: Es waren zwei kühle Mollen aus der HO.

Das Fräulein Heidenröslein bekam plötzlich Ohrensausen und musste sich die Finger reinstopfen. Der lange Schücht hat aber auch ein Organ! Deshalb war unsere Lehrerin froh, wie sich die Bärbel Patzig meldete. Sie rutschte schon ganz pisserig hin und her und sprach: „Das Gedicht heißt vielleicht ‚Ein Regentag‘, aber es sind ein paar schwere Wörter drin."

Unser Fräulein Heidenröslein war mit dieser Antwort zufriedener und rief, die Bärbel hat ein Gefühl, und sie wird jetzt erklären, was der Dichter ausdrücken wollte. Das geschah, und mein Freund Harald fasste danach falsch zusammen: „Wenn man ein Gedicht nicht gleich versteht, ist es meistens ein modernes." Wir bekamen jetzt die Aufgabe auf, uns auch einmal mit dem Gedicht zum Thema „Ein Regentag" zu versuchen. Und das Fräulein Heidenröslein korrigierte inzwischen einige Hefte.

Bevor die Stunde um war, ließ das Fräulein Heidenröslein gleich einige Gedichte vorlesen. Als Erster trug der Schweine-Sigi seine Dichtkunst vor. Sie lautete:

> Im Sommer hat es geregnet kaum,
> darum blieben trocken das Feld und der Baum.
> Das ist ziemlich beschissen,
> weil wir jetzt wieder Kartoffeln mit der
> Hand einsammeln müssen.

Einige schrien, das ist wahr, aber die Bärbel zog ein kränkliches Gesicht und sprach, solche Ausdrücke gehören nicht in ein Gedicht. Darum las die Bärbel ihr Gedicht:

> Von den Blättern fein
> rinnt der Regen.
> Er bringt Segen,
> und der Landmann kann sich freu'n.

Die Mädchen klatschten jetzt wie verrückt, aber mein Freund Harald entgegnete, das reimt sich zwar ganz schön, ist aber ein altmodisches Gedicht; denn im Sozialismus gibt es keine Landmänner, sondern Genossenschaftsbauern. Ein richtiges Gedicht muss auch fortschrittlich sein, nämlich so:

> Ein Regenguss
> ist ein Freund des Sozialismus;
> denn Wasser treibt Turbinen,
> Turbinen geben Energie,
> um den Werktätigen zu dienen wie noch nie!

Wir werktätigen Knaben riefen „richtig", und dabei muss dem Fräulein Heidenröslein was ins Auge geflogen sein, weil sie mit dem Taschentuch dran rumwischte. Aber sie lachte tapfer und ließ die Dichterin Sonja Zunder ran. Diese schrie:

> Wenn es draußen gießt,
> man nicht fröhlich ist.
> Am besten, man nimmt einen Schirm,
> der schützt Kleidung, Hand und Gehirn.

Ich sagte, schlecht ist es nicht, aber daran hätte die Sonja früher denken müssen. Bevor mich das Fräulein Heidenröslein zurechtweisen konnte, stand schon der lange Schücht auf und schmetterte:

> Regentropfen,
> die an das Gasthaus klopfen,
> das sag ich dir,
> sie schmecken nicht so gut wie Bier!

Weil aber jede schöne Stunde einmal zu Ende geht, durfte ich den Höhepunkt bilden. Ich ging gleich nach vorne und rezitierte:

> Saft der Wolken,
> Gießkanne der Winde,
> du verwandelst unseren Schulhof in einen
> Modderplatz.

Darüber schreiten wir schulwärts.
Aber niemand liebkost unsere
dreckigen Schuhe,
im Gegenteil, der Hausmeister flucht
ganz schön.
Ich aber lache wissend:
Warte nur, balde
fluchen die Elternteile
auch!

Leider hat bei mir keiner geklatscht. Das kommt vielleicht daher, weil die meisten mein modernes Gedicht als solches nicht erkannten. Das kann vorkommen. Nur das Fräulein Heidenröslein rannte zur Tür raus und schrie auf dem Flur: „Ich kann nicht mehr, ich kann nicht mehr." Das hat sie davon, wenn sie sich mit der Dichtkunst einlässt.

Das 23. Kapitel

macht endlich Schluss mit den alten Geschichten und bringt mich auf den Gedanken, auch einmal ein Parteisekretär zu werden wie unser Herr Brettl.

Einen Tag später schrie die schwere Wally zum Fenster raus: „Dort kommt der Benny Raschke!" Wir liefen alle zum Fenster und guckten, und es stimmte. Der Benno hatte eine neue Hose an und den linken Arm in einer Binde aus Gips. Als wir den Verband genug bewundert hatten und ich sogar ein bisschen neidisch war, wie der Benno so dastand, erzählten wir ihm durcheinander, was alles passiert war.

Die Wally erkundigte sich beim Benno mütterlich, ob es wieder geht. Der Schweine-Sigi meinte, schade, dass du nicht dabei warst, wie Ottokar einen Bandwurm bekam. Die Bärbel sprach traurig, er soll nicht mehr am Geländer rutschen; denn seinetwegen wäre unser Fräulein Heideröslein bald weggegangen. Sonja Zunder schob ihre Brust vor und rief, sogar der Herr Luschmil hat uns gestern gelobt. Klaus Bieber fragte, ob er die Geschichte vom Jugendkampf des Herrn Burschelmann kennt? Die dicke Mia kreischte, jetzt sind wir alle wieder voll da, und wir könnten eigentlich mal ein Fest machen, sie spendiert eine Lage Brause. Der lange Schücht antwortete, sie denkt nur ans Fressen und Saufen. Mein Freund Harald berichtete, wie der Old Schätterhänd besoffen war und nur noch weiße Fische sah. Und ich sagte zu Benno, wenn er noch einmal undiszipliniert ist und so schlecht rutscht, knall ich ihm eine … eine Rede in drei Sätzen vor, dass ihm die Lust vergeht. Alle aus unserer Klasse erzählten ihm Neuigkeiten und schimpften auf den Ordnungsdienst.

Der Benno guckte, als wenn er überhaupt nichts kapiert hat, deshalb holte die Jule einen Kamm und hat ihn schnell noch ein bisschen nachgekämmt. Eigentlich fand ich das blöd und habe aus Prostition meine Kopfhaare auch durcheinander gebracht. Aber mich kämmte sie nicht.

Die Lehrer begrüßten den Benno ebenfalls, und zwar verschieden. Erst kam unsere Frau Seidenschnur. Sie schrie gleich: „Da bist du ja wieder, Jungchen!" Und sie fragte, ob er noch Schmerzen hat. Der Benno sagte nein, doch die Frau Seidenschnur glaubte es nicht und erklärte ihm, wie er sitzen muss, und ermahnte Bennos Zwillingsbruder Ralf, er soll ihn nicht anstoßen. Auch hat die Binde was Gutes. Jetzt kann sie wenigstens die eineiigen Brüder besser unterscheiden.

In der zweiten Stunde kam das Fräulein Heidenröslein. Als sie Benno sah, ging das Fräulein Heidenröslein zu ihm hin und gab ihm sogar die Hand. Sie sagte erst gar nichts, nicht einmal guten Morgen, sondern guckte ihn nur an. Der Benno bekam jetzt einen ganz roten Kopf, und er stotterte was, aber das Fräulein Heidenröslein antwortete: „Ist ja schon gut." Sie ließ gleich ein frohes Lied anstimmen.

Ein bisschen anders war es bei Frau Pitthuhn in der dritten Stunde. Sie sprang richtig auf den Benno zu und schrie froh: „Tschto s taboji slutschilosj?" oder so ähnlich. Der Benno guckte ganz ängstlich, und die Frau Pitthuhn wurde immer feuriger und rief noch ein paarmal auf Russisch: „Nu, tschto s taboji?" und zeigte dauernd auf meine Hand. Ich kritisierte den Benno und sagte, mit dir haben wir ja noch allerhand Arbeit, und er soll wenigstens antworten: „Ruka kaputt!" Alle lachten, auch die Frau Pitthuhn, und sie rief dann auf Deutsch: „Wir werden's schon noch schaffen. Sadietje, paschaluistja!"

Die Begrüßung in der vierten Stunde beim Herrn Kurz fiel aus, weil der Herr Kurz wieder einmal zum Arzt musste. Dafür kam der Herr Luschmil. Wie er den Treppenrutscher Benno entdeckte, verwandelte sich sein Mund in einen Strich, aber dann hat er sich's wohl anders überlegt und sagte bloß: „Da bist du ja wieder." Als er den Benno richtig erkannt hatte, fiel ihm gleich wieder ein, was er mit uns wiederholen wollte, nämlich das Fallgesetz, und ob vielleicht einer unter uns ist, der es einmal demonstrieren möchte. Ich meldete mich und sagte, damit der Benno das auch kapiert, könnte er einmal auf den Tisch steigen, und ich zieh ihn mit einem Ruck weg, und es ist nicht ganz so hoch und gefährlich wie vom Treppengeländer. Da geschah ein Wunder. Der Herr Luschmil lachte sogar ein bisschen und meinte: „Auf solch einen Einfall kannst auch nur du kommen." Da lachten die anderen mit, und ich erhielt das erste Mal in meinem Leben beim Herrn Luschmil wegen eines Einfalls keinen Tadel.

Erst in der letzten Stunde kam unser Herr Burschelmann. Er rief gleich bullerig zum Benno: „Auf dich hab ich schon lange gewartet. Komm an die Tafel, damit du kein Moos ansetzt." Der Herr Burschelmann wird eben nie ein feiner Schändlemänn, und man muss ihn nehmen, wie er ist.

Ganz zum Schluss gab es noch eine Überraschung. Plötzlich ging die Tür auf, und der Herr Direktor Keiler kam hereinstolziert. Er befahl uns, wir sollen sitzen bleiben, und flüsterte danach dem Herrn Burschelmann was ins Ohr, besonders ins linke. Dieser nickte und nickte, und wie er ausgenickt hatte, sprach der Herr Direktor Keiler zur Klasse: „Hört mal her. Der Parteisekretär Genosse Brettl und ich haben beschlossen, mit eurem Gruppenrat heute Nachmittag uns einmal auszusprechen. Ich denke, ihr habt das nötig."

So geschah es, und wir wunderten uns, wieso auch die FDJ-Leitung aus der Zehnten dabei war. Aber als der Parteisekretär Herr Brettl ernst sprach, wir müssen wohl zusammen ein paar alte Geschichten aus der Welt schaffen, da wunderten wir uns nicht mehr. Denn der Herr Brettl wusste schon alles, das mit dem Ordnungsdienst und über uns und überhaupt alles. Und von jetzt ab soll der Ordnungsdienst nicht mehr beim Herrn Direktor Keiler antanzen, sondern jeden Monat vor dem Freundschaftsrat und der FDJ-Leitung über seine Erfolge und Niederlagen berichten. Auch darf unsere Klasse die jungen Nachwuchspioniere als Ordnungsdienstschüler betreuen. Auf einmal hat man gemerkt, dass wir als Pioniere auch brauchbar sind.

Wir durften jetzt noch ein bisschen diskutieren, und zwar nach vorn und nicht nach hinten, nämlich kritisch konstruiert oder so. Deshalb fragte ich nach vorn, ob der Old Schätterhänd und der Speckmann Willi weiter im Ordnungsdienst bleiben dürfen. Als Mensch habe ich ja nichts dagegen, aber als Pionierfunktionär glaube ich, dass unsere Nachbarin, das fromme Fräulein Beul, eher eine

Genossin wird als Old Schätterhänd ein guter FDJler. Aber der Herr Brettl lachte und meinte, ich soll nicht so schwarzsehen; denn ich hätte mich ja auch schon vom Weltverbesserer zu einem ganz normalen Pionier verändert, und ich soll so bleiben, wie ich bin

Als die Versammlung zu Ende war, sagte ich zu meinem Freund Harald: „Wenn ich groß bin, werde ich auch ein Parteisekretär. Das ist vielleicht ein Leben! Ich warte, bis sich alle so richtig ausgerauft haben, und sage dann einfach in einer Versammlung: Schluss jetzt mit den alten Geschichten, wir machen neue!"

... und ein Nachwort

Damit ist erst einmal mein Roman beendet. Eigentlich wollte ich ja das ganze Schuljahr beschreiben, aber mir reicht's. Dafür gibt es sowieso keine Zensur, weil im Lehrplan solche Aufgaben nicht vorgesehen sind.

Ich kann mir aber schon denken, wie es weitergeht, vielleicht so: Unsere Pioniergruppe wird Sieger im Dichterwettstreit und bei anderen Aktionen, der Herr Burschelmann bekommt als bester Pionierleiter 20,– Mark Prämie, der Herr Brettl ein Lob vom Kreis, der Herr Luschmil einen Ferienplatz, die Frau Seidenschnur für vorbildliche Taschenordnung einen Kompass, Frau Pitthuhn endlich ein Sprachkabinett, wo man die Lautstärke verringern kann, und das Fräulein Heidenröslein erhält sogar den Titel Oberlehrerin. Das Fräulein Bella Kohl lässt den Reschisser sausen, weil sie jemanden mit einem Fiat kennengelernt hat, der Herr Kurz kommt in eine Schnupfenheilanstalt, der Pilei Alfons nach seinem Lehrgang gleich zur FDJ-Kreisleitung, der Sportlehrer Stramm muss zu einer Reservistenübung und unser Herr Direktor Keiler eine pädagogische Lesung schreiben mit dem Thema: „Die Rolle der Bedeutung der Erziehung zur Selbstständigkeit und Mitverantwortung der Pioniere und FDJler unter besonderer Berücksichtigung der Selbsterziehung bei der Schaffung von Disziplin und Ordnung." Mal sehen, was dabei rauskommt. Die Patenbrigade besucht uns nicht bloß zu den Pionierwahlen und anderen Festtagen. Mein Vater qualifiziert sich zum Meister und Bataillonskommandeur, meine Mutter zur Elternbeiratsvorsitzenden, mein Freund Harald zum Freundschaftsratsvorsitzenden und als Mensch zum geheimen Liebesbriefschreiber. Die Jule Bock hat Aussicht, einmal meine beste Freundin zu werden, und wenn die Bärbel Patzig so weitermacht, hat sie auch keine schlechten Changsen bei mir. Alle werden sich schöner entwickeln, bloß Old Schätterhänd kriegt noch ein paar Denkzettel ab, und zwar vom Weltverbesserer

Glossar

ABV: Abschnittsbevollmächtigter – Polizist, der für polizeiliche Aufgaben in Gemeinden und Stadtbezirken zuständig war

Exquisit: Bekleidungsgeschäfte in der DDR mit einem hochpreisigen Angebot

FDJ: Freie Deutsche Jungend ist ein sozialistischer Jugendverband

Freundschaftsrat: Leitung der Pioniere in der Schule

Genossenschaftsbauer: einer der landwirtschaftlichen Produktionsgenossenschaft angehörende Bauer

Gruppenrat: In allen Gruppen der Pioniere wurde jährlich ein Gruppenrat gewählt

Kampfgruppe: militärische Organisation von Beschäftigten in Betrieben der DDR

KWV: Kommunale Wohnungsverwaltung

Lenin: Begründer der Sowjetunion

LPG: Landwirtschaftliche Produktionsgenossenschaft – Zusammenschluss von Bäuerinnen und Bauern durch gemeinschaftliche landwirtschaftliche Produktion in der DDR

Mark: Zahlungsmittel in der DDR

Matroschka: sind aus Holz gefertigte und bunt bemalte, ineinander schachtelbare, eiförmige russische Pupppen

Natschalnik: russische Bezeichnung für Chef, Vorgesetzter, Leiter

Patenbrigade: Jede Schulklasse hatte zu DDR-Zeiten eine Patenbrigade, die den Schülern durch Veranstaltungen, Betriebsrundgängen und Vorträgen die spätere Arbeit in einem Betrieb näherbrachte

Pilei: Abkürzung für Pionierleiter

Pioniere: Mitglieder der Schulkinder-Organisation in der DDR

RGW: Rat für gegenseitige Wirtschaftshilfe – internationale Organisation der sozialistischen Staaten unter Führung der Sowjetunion

Inhaltsverzeichnis

OTTOKAR DOMMA

DER BRAVE SCHÜLER OTTOKAR

mit Illustrationen von Karl Schrader

128 Seiten · 15 cm x 20,5 cm · Hardcover
Für Leser ab 10 Jahre

ISBN 978-3-89603-494-6

OTTOKAR DOMMA
OTTOKAR, DAS FRÜCHTCHEN

mit Illustrationen von Karl Schrader

136 Seiten · 15 cm x 20,5 cm · Hardcover
Für Leser ab 10 Jahre

ISBN 978-3-89603-495-3

Ich als Mensch